AF582951

Tolima Cuna de Escritores

Antología 2023

Varios Autores

Tolima Cuna de Escritores
Antología 2023
Varios Autores
Derechos de Autor Reservados
2023

ISBN: 978-628-95587-8-4

Diseño y Diagramación:
Departamento de Diseño
Editorial Corcultura

Corrección y Estilo:
Sandra Pinzón

Primera impresión: Noviembre de 2023

Impreso en Colombia - Printed in Colombia

AGRADECIMIENTOS

Al Gobernador Ricardo Orozco y a la Gobernación del Tolima por su apoyo a la cultura mediante el Programa Departamental de Estímulos, siendo "Tolima Cuna de Escritores" ganador de la convocatoria.

A la Dirección de Cultura Departamental, liderada por Jaiber Bermúdez Guáqueta por su liderazgo y gran aporte a la promoción de la cultura y las artes.

A los talleristas Alejandro Echeverry Almanza, Angélica Patricia Ávila Guerra e Iván Mauricio Gamboa quienes impartieron los talleres presenciales de creación literaria desarrollados en Honda, Mariquita, Ortega y Líbano.

A Heider Vega Montiel, Óscar Marín, Marinela Guzmán Aranda, David Gamboa, Sandra Pinzón, Camila Ante Rubio, Mariana Vargas y a todos los que de una u otra colaboraron en el desarrollo del programa.

A todos los participantes del Programa Cultural "Tolima Cuna de Escritores" por compartir su tiempo y talento con todos nosotros.

ÍNDICE

PREFACIO

El Tolima es un departamento maravilloso, en donde el talento de escritores y escritoras florece en cada rincón, siendo cuna de famosos y reconocidos autores.

La Corporación para la Promoción de la Cultura y la Investigación - CORCULTURA con el apoyo de la Gobernación del Tolima, la Dirección de Cultura Departamental y la Corporación Minuto de Dios desarrolló en 2023 el Programa Cultural "Tolima Cuna de Escritores", un proceso formativo en donde se les entregaron herramientas valiosas a los participantes para convertir su sueño de publicar su libro en realidad y desarrollar su carrera como autores.

Para tal fin, contamos con el apoyo de expertos en corrección de estilo, diseño gráfico, creación literaria, branding personal, posicionamiento digital, publicación en Amazón, manejo de redes sociales, entre otros, así como también, de las directivas de los Colegios y Casas de la Cultura en donde se llevo a cabo el semillero de Escritores y Escritoras en los municipios de Honda, Mariquita, Ortega y Líbano.

Como resultado presentamos a la comunidad ibaguereña, tolimense, colombiana y a nivel internacional en Amazon, el libro "Tolima Cuna de Escritores - Antología 2023" que recoge los manuscritos de veinticuatro participantes, quienes cumplieron a cabalidad con el desarrollo del programa.

Doris Pinzón
Presidente
Corporación para la Promoción de la
Cultura y la Investigación
CORCULTURA

EL AMOR SIEMPRE PREVALECE

Por Jhonier Alberto Agudelo Granados

Bien dice el dicho que los hijos deben enterrar a sus padres, pero qué difícil es cuando la única persona a la que amas, la que te llevo por nueve meses en su vientre, en la que crees y en la que confías, se va de este caótico y ególatra mundo. Aquellos que la pierden nunca vuelven a ser los mismos.

Los días después de aquel viernes trece de dos mil veinte se convertirían en una encrucijada emocional para Adolfo. Él, un afamado locutor de radio, había pasado por un año lleno de tristeza y nostalgia debido a la pérdida de su amada madre Clara, a causa de la infame pandemia y el impacto desgarrador que esto traería a su vida y a la sociedad.

Aquella carga emocional lo consumía física y emocionalmente. Su madre había sido su más grande apoyo en la vida, y su pérdida dejó un vacío que parecía imposible de llenar. Noche tras noche, se sumergía en sueños caóticos que lo atormentaban debido a aquel sentimiento de culpa por no estar con su madre en el momento de su muerte.

Pero el destino tenía un regalo especial reservado para Adolfo. Una noche, mientras dormía, Adolfo tuvo un sueño que parecía más real que cualquier otro. Se encontraba en un lugar cálido y luminoso, y allí, de pie frente a él, estaba su madre, Clara, con una sonrisa radiante en el rostro.

—“¡Mamá!” —exclamó Adolfo, con voz temblorosa por la emoción. “¿Eres realmente tú?”.

Clara asintió con ternura y le tendió la mano. Adolfo la tomó con fuerza, sintiendo una mezcla de asombro y alegría abrumadora.

Clara le dio un abrazo cálido y luego le susurró al oído:

—“Recuerda, el amor siempre permanece, incluso en la distancia.”

Al despertar, Adolfo continuó con su rutina diaria. Una noche, en medio de la bruma de su sueño, una figura familiar emergió. Era su madre, Clara, envuelta en una luz suave y reconfortante. Adolfo se congeló, incapaz de articular palabra alguna. Clara le sonrió con dulzura, como si pudiera percibir su angustia y sufrimiento. Con una sensación de paz en el corazón, Adolfo sabía que su madre le había dejado un mensaje de aliento y ánimo para seguir adelante.

Meses después, la soledad y el tormento reaparecen en la vida de Adolfo. En sueños, su madre se le aparece:

—“Adolfo, amado hijo”, susurró su madre en un tono sereno pero reconfortante, “sé cuánto has sufrido y cuánta culpa has sentido por no poder estar conmigo cuando más lo necesitaba. Pero quiero que sepas que nada de eso fue tu culpa. No te culpes de nada en lo absoluto, yo estoy en paz ahora, y mi amor por ti es eterno.”

Las lágrimas se agolparon en los ojos de Adolfo, quien intentaba desesperadamente aferrarse a las palabras de su madre.

—”Pero mamá, siento que fallé. No pude estar allí cuando más me necesitabas.”

Clara acarició su mejilla con ternura.

—"No te aflijas por lo que no pudiste hacer. Siempre estuviste en mi corazón, incluso cuando no pudiste estar a mi lado. La vida nos pone a prueba de maneras inesperadas, pero la fuerza que llevas dentro es más grande de lo que crees. Siempre estaré contigo, en tus recuerdos y en tu corazón."

"Nunca fallaste, hijo. Tu amor y dedicación siempre estuvieron presentes. Ahora, en este momento de oscuridad, necesitas recordar que eres capaz de transformar tu dolor en luz. Tu voz tiene el poder de sanar, de unir a otros en tiempos difíciles. Escucha tu corazón y confía en ti mismo."

Clara le acarició el rostro con dulzura.

"Hijo mío, eres fuerte y capaz. Has sido formado en la palabra del Eterno Padre Celestial desde pequeño y Él te apoyará, te dará fuerzas, así como lo dice su palabra en Josué 1:9: 'Esfuérzate y sé valiente. No temas ni desmayes'. Has sufrido, pero también has encontrado la manera de convertir ese dolor en amor y compasión hacia los demás. En tu programa de radio, has tocado los corazones de innumerables personas, y eso me llena de orgullo. La vida continúa, y tienes un propósito importante aquí en este plano terrenal."

Adolfo se secó las lágrimas y asintió, sintiendo una nueva determinación.

—"Gracias, mamá. Haré todo lo que esté a mi alcance para difundir el mensaje de amor del que siempre me has hablado y mi voz será un instrumento para compartir aquel mensaje de amor y unidad en estos tiempos tan caóticos."

A partir de esa noche, Adolfo encontró una nueva determinación en su trabajo en la radio. Comenzó a estudiar la palabra del Eterno Padre Celestial y a compartir historias de esperanza y fortaleza, recordando a su audiencia la importancia de permanecer unidos en tiempos difíciles.

Cada palabra que pronunciaba estaba impregnada de la sabiduría y el amor que el Eterno Padre Celestial dejo en su palabra y que su madre Clara le había enseñado desde pequeño, recordando que, a pesar del dolor, siempre hay luz al final del túnel.

Con una sonrisa, se preparó, decidido a compartir su historia y la lección que había aprendido: que, aunque la vida puede ser dolorosa, el amor y la unidad son la fuerza que nos permite superar cualquier obstáculo. La voz de Adolfo, ahora llena de compasión y esperanza, llegaba a los corazones de sus oyentes, inspirándolos a ser mejores personas y recordándoles que, incluso en medio de la adversidad, el amor siempre prevalece.

EL FAUSTO DE INDIAS

Por Néstor Alonso Melchor Rincón

Eran las 18:06 cuando arribó el doctor Barnard a la sala de cirugía. La prensa cubrió su llegada como un evento de gran magnitud, las cámaras le siguieron en vivo y en directo mostrando una multitud enardecida que se aglomeraba alrededor del automóvil que le transportaba. Su conductor se vio obligado a dar unas vueltas extra hasta encontrar la forma de acceder al parqueadero del ala oriental de la clínica.

Pese al recibimiento, Barnard permanecía sereno, su atención estaba centrada en la sinfonía fantástica de Berlioz, pieza que estremecía el interior del vehículo con una contraposición de cuerdas y metales. Afuera, sumergido en la muchedumbre un periodista preguntaba a gritos sobre las dimensiones éticas de sus investigaciones.

Para los detractores, esa actitud solo era una máscara de cristal polarizado, por eso llegaron a afirmar que mientras estaba adentro del automóvil, al doctor, las piernas le temblaban en el momento que tenía que bajarse. Cuentan que la señorita Berghem, su asistente personal se sorprendió al verlo apoyando las manos varias veces sobre las rodillas para intentar detener los movimientos que hacían de un lado a otro. Sin embargo, en ninguna de las declaraciones oficiales de la mujer se pudo constatar este hecho.

Una vez logró abrirse paso dentro de las instalaciones hospitalarias, Barnard avanzó deprisa por el pasillo que comunicaba el área de emergencias con el ascensor secundario de la planta baja, el aire en ese lugar estaba saturado con una mezcla de canela y tierra mojada, habían trapeado recientemente, El medico lo comprobó al notar que las huellas de sus mocasines dejaban un patrón que desde lejos se veía como un camino de hormigas.

A lado y lado le acompañaban dos especialistas escogidos cuidadosamente por él mismo tras una selección de trescientos médicos provenientes de prestigiosas universidades a nivel mundial, "la creme de la creme". Ambos le hablaban sin parar de sus expectativas para ese día. Barnard les hizo pasar a su despacho, mientras la señorita Berhem se encargó de dar todas las indicaciones posibles al resto de personal. Por su parte, Barnard se limitó a asentir a cada indicación ya que su atención se escabullía fugazmente entre varias fotografías distribuidas a lo ancho de las paredes del despacho. En varias de las imágenes aparecía una hermosa mujer de cabellos rizados con aretes en forma de atrapasueños. Barnard lanzo un largo suspiro, y se plantó frente a dos grandes ventanales en la parte posterior del recinto, mirando hacia un par de guacamayas que volaban alrededor de un mango sembrado en el patio central. Desde ese punto se sumió tanto en sus pensamientos, que cuando reacciono ya su asistente lo guiaba en el proceso de vestir el equipamiento quirúrgico.

En los pasillos, se extendían los ecos de las diferentes murmuraciones sobre la vida privada del Doctor Barnard. La enfermera encargada del área pediátrica en el bloque A, suspendió a dos auxiliares practicantes tras sorprenderlas abandonando sus labores para dedicarse a cotillear acerca de una supuesta infidelidad de la ex esposa del doctor, la cual habría abandonado el país con su amante, sin dejar pista alguna de su paradero. Esto habría desencadenado el posterior declive emocional, físico y profesional de Barnard. Mientras tanto otros rumores se difundían no solo en la clínica, sino también, a través los medios de comunicación que relacionaban al doctor con prácticas de tipo ocultista e incluso muchos le acomodaron el mote del "Fausto de Indias", nombre con el que apareció frecuentemente en muchos de artículos escritos en contra de sus investigaciones, usualmente teñidos de una amplia gama de matices ideológicos ultraconservadores.

Curiosamente sus vecinos lo describían como un hombre sumamente sencillo, que disfrutaba levantarse temprano los domingos a regar un jardín sembrado con flores fuji, y a limpiar dos pajareras inmensas donde dejaba alpiste para que llegaran siempre los periquitos a comer. Cuentan que se fascinaba con el sonido de esas coloridas aves, y cuando llegaban de paso solía quedarse parado viéndolos hasta que, uno a uno iba alzando vuelo hasta formar una bandada de figuras de movimientos aleatorios que se elevaba hasta los arboles aledaños. Desde el pórtico siempre le llamaba la esposa a integrarse a las rutinas diarias antes de ir a la clínica.

A las 18:20, la sala de cirugías estaba invadida por un ejército de máquinas que no paraban de moverse, emitir luz o hacer algún sonido repetitivo. Tras ellas, un cardiólogo, tres neurocirujanos, dos anestesiólogos, cuatro instrumentadoras, una enfermera y los dos especialistas invitados que aguardaban ansiosamente la hora de mostrar su estelaridad ante el Doctor Barnard. En medio de toda la parafernalia médica, un par de camillas en las que se alcanzaba a adivinar dos siluetas abultadas bajo una capa de mantas térmicas y sabanas.

Todo el equipo de quirófano aguardo silencio esperando unas cuantas palabras del jefe de aquel equipo operatorio, sin embargo, Barnard los sorprendió, ya que omitió cualquier tipo de discurso, limitándose a poner su mano en el hombro de cada uno de los presentes. Posteriormente dio inicio al protocolo de esterilización.

Todo el personal contaba con la coordinación y precisión adquirida en muchas horas previas de ensayos y pruebas. Aquel era un equipo de trabajo consolidado que se fue depurando desde el inicio, ya que muchos aspirantes se abstuvieron de continuar debido a conflictos de tipo moral, o a la falta de conocimientos previos ante una empresa de tal magnitud. A pesar que el proyecto inicial se llevo a cabo con animales, ciertamente hubo un gran impacto en el primer equipo cuando llevaron dos ejemplares adultos de pastor alemán, cuyos cuerpos fueron prácticamente desmantelados de sus órganos vitales y puestos sobre dos mesas quirúrgicas. Aquellos que renunciaron a esta investigación filtraron la información a la prensa, que de inmediato infló la noticia y la pintó de los colores necesarios para vender cada tiraje de periódicos que hizo circular por semanas.

Las declaraciones que iniciaron la polémica fueron las de un joven asistente de instrumentación que fue retirado de la controversial investigación:

–"Inicialmente en el proyecto el Doctor Barnard nos guiaba en una investigación que prometía salvar vidas, sin embargo, con los días todo cambió cuando nos recargó la mayor parte de la responsabilidad operativa, para este equipo inicial resultó frustrante cuando ignoraba nuestros informes, ya que usualmente dirigía su atención a las discusiones telefónicas o cara a cara con su esposa. Cuando planeamos ejecutar la segunda fase se le metió en la cabeza cambiar la naturaleza del proyecto, y logró tramitar con sus influencias todos los permisos para una primera prueba con unas muestras vivientes experimentales poco ortodoxas, algunos de nosotros nos sorprendimos ante la magnitud de la monstruosidad que planeaba ejecutar.

Las investigaciones no se hicieron esperar, hubo caos en todas las áreas de la clínica debido a constantes inspecciones y diligencias legales, con el paso de los días el tema fue perdiendo vigencia mediática, y mientras los ojos de la opinión pública se centraron en otra noticia: Asesinato en Colegio de la capital. Por su parte, Barnard jaló los hilos de cada influencia que pudo para sepultar cualquier vestigio de investigación de su caso y continuar con lo suyo. El hecho de ser el único especialista al que acudían ciertas figuras políticas que ponían sus vidas en las manos prodigiosas de Barnard para ser salvadas o prolongadas, le aseguraba las conexiones necesarias para permitirse cualquier escándalo."

Una vez estuvo equipado y listo, el galeno hizo una seña y todo el equipo en la sala de cirugías reinició labores, se reubicaron las dos camillas de tal forma que el cirujano pudiera quedar en medio, dejando una telaraña de tubos que redirigían sangre y fluidos vitales bajo las mantas térmicas. Unas bombas girando con precisión de relojero cumplían ciclos de oxigenación haciendo un ruido repetitivo que en cierto punto hizo mella en la concentración de Barnard.

Al retirar las sabanas quedó al descubierto todo un espectáculo de lo bizarro: en una de las camillas yacía un torso desprovisto de extremidades con el tórax abierto, este estaba conectado a decenas de tubos que alimentaban un corazón que tras el separador metálico se veía algo renegrido. Uno de los ayudantes armado de una lámpara llenó de luz la cavidad, revelando los colores originales de cada órgano. El punto clímax de la sorpresa llegó justo en el momento en que Barnard levanta las mantas de la segunda camilla, revelando un torso de mujer con la cabeza completamente rapada, dejando ver pequeños orificios en donde se insertaron algunos catéteres para conectar mas tubos de sangre. Nadie en la habitación había sido informado de esa variación en el curso de la investigación.

Durante 2 horas se las maquinas alimentaron ambos cuerpos con sangre y una mezcla desarrollada por el Doctor Barnad cuya composición fue confinada al más absoluto misterio.

Cuando se consideró oportuno, inyectaron las drogas inmunosupresoras adecuadas para evitar cualquier tipo de reacción indeseada. En ese momento el escuadrón medico trabajaba con la coordinación de una maquinaria de reloj suizo. Todos estaban ansiosos por conocer cualquier cambio o resultado posible.

Son muy confusas las versiones que se filtraron a la prensa y a los investigadores del cuerpo técnico de la fiscalía. Lo poco que se logró conocer sobre el resultado de esa controvertida cirugía, provenía de testimonios, que, si bien revelaban datos nuevos, resultaban ser poco coherentes. De estos datos se pudo saber que una cabeza humana cercenada, logró ser unida mediante procesos de reconexión en tejidos nerviosos a un segundo cuerpo y ambos exitosamente mantuvieron oxigenación con la sangre bombeada del corazón alrededor de 30 minutos.

Cuando el procedimiento alcanzó cierto grado de estabilidad, Barnard habría pedido al personal quirúrgico abandonar el recinto y permaneció alrededor de 3 minutos a solas con aquella masa de carne y sangre. Una de las enfermeras, quien posteriormente vendió sus declaraciones a un diario norteamericano, afirmó haber visto a Barnard posicionar la tapa de una bandeja metálica frente al torso bicéfalo justo a la altura de los rostros. - "era como un espejo donde buscaba reflejar toda una humanidad degradada a sus principios escatológicos más básicos", señaló la testigo. Esta versión de los sucesos, perdió credibilidad al convertirse en una leyenda urbana que inundó la internet con diversas variaciones de la misma historia, principalmente aquella que señalaba que Barnard llegó a ponerle un arete con forma de atrapa sueños a una de las cabezas, sin embargo, todo esto fue aparentemente desmentido por el lanzamiento de un documental que resumía la tormentosa vida emocional de Barnard y su prospera vida profesional.

Se sabe con certeza, que una vez reingresó el personal médico a la sala de cirugía. Barnard susurraba algunas palabras a una cabeza sobre la camilla. Todo el desarrollo de la operación representaba un enorme éxito para la ciencia, pero para ninguno de los miembros del equipo médico dentro de aquella habitación resultó satisfactorio, teniendo en cuenta lo sucedido en la etapa final del procedimiento. Lo que inicialmente pareció a uno de los neurocirujanos una mera impresión producto del cansancio tras extenuantes horas de trabajo resultó ser algo tan escabroso como fascinante. Uno de los rostros parpadeaba constantemente, incluso por un momento parecía seguir con la vista la luz de la linterna que movía una de las asistentes. Barnad habló claro y fuerte a todo el equipo, era hora de concluir el procedimiento, afirmo que ya se habían recolectado todos los datos necesarios, y que el proyecto había resultado exitoso. Sin apartar los ojos de su obra, fue dando las instrucciones para desconectar paulatinamente los fluidos vitales, hasta que finalmente la habitación quedó en silencio.

Dentro de los círculos médicos, se volvió una especie de cliché el hacer referencia a Barnard como el médico que susurraba a los oídos de los muertos. Incluso en las facultades de medicina, a los jóvenes aprendices se les inculcaba que podían llegar a ser dos tipos de médicos de acuerdo con su actitud: el clásico médico carismático ejemplo para la sociedad, o un Barnard.

Hubo mucha información que apuntaba a todas las direcciones acerca de Barnard y su proyecto médico, sin embargo, debido a las estrictas políticas de privacidad de la clínica, sumada a algunas intervenciones desde las sombras se logró mantener el hermetismo de lo sucedido, así como la desaparición de todos los elementos biológicos usados durante la intervención quirúrgica. Cualquiera que intentaba indagar más allá de lo ya sabido se encontraba con un callejón sin salidas.

EL MISTERIO DE CARÁMBANO

Por Herlinda Vargas

Mi profesión, me llevó a un pueblecito ubicado entre dos cordilleras encumbradas cubiertas de un manto blanco y cúspides de hielo. El helado frío, penetraba por cada uno de los poros llegando hasta la médula de mis huesos. Mis quijadas canturreaban sin descanso.

¡Pues bien¡, Carámbano fuera de ser frío, sórdido y casi solitario, tenía una particularidad, todas las mujeres, de cualquier edad tenían malformaciones físicas que las hacia ver poco bonitas, o… mejor dicho, para mi gusto ¡eran feas!

En el trabajo como reportero, había ido a lugares agrestes, violentos y desérticos, pero nunca había ido a un pueblo al parecer pacífico y sin haberme informado con antelación el propósito de dicho viaje.

El primer día de mi llegada, me recibió la dueña del hotel, en sí era una posada, con una sola habitación, no tenía sanitario convencional sino una vasenilla esmaltada, con borde azul, una flor roja y una gran peladura negra en el asiento.

La cama, tendida con una colcha multicolor tejida a mano, una mesita rudimentaria y sobre ésta una lámpara Coleman que tenía la caperuza rota. En la pared había tres herraduras amarradas cada una a un clavo corroído por la humedad, supuse que en estas debía colgar mi escaso equipaje y mi sombrero. Así lo hice.

Había, además, un balde con agua y una vasija de aluminio para mi aseo personal. En la tarde, después de haber descansado del viaje salí de la habitación y me dirigí al comedor, que estaba ubicado en la misma cocina. La señora de la casa, me atendió con poca amabilidad, escondía su rostro cuando me hablaba, y si yo buscaba sus ojos para entablar una conversación civilizada la rehuía.

A cualquier pregunta que yo hacía, ella respondía:

–Lo que quiera saber se lo pregunta a mi marido.

–¿Cuándo viene su marido? Le pregunté.

–Está por llegar, anda pescando.

Con la curiosidad que poseemos los hombres, de buscar la belleza en las mujeres, observaba aquel extraño ser. No le veía hermosura por ningún lado, tenía la espalda con una cifosis avanzada, casi tocaba la quijada con las rodillas, el cabello escaso y largo se enrollaba en una moña tras su cabeza cuadrada. Le miré las piernas y sentí como un escalofrío recorría todo mí ser. Pensé… ¡Pobre mujer!

Mi mente divagaba pensando en la tortura que habría sido sometida para estar en esas condiciones. Las dos piernas eran retorcidas, pareciera que las habían hilado en una rueca. Estaba en este análisis fisionómico cuando entro por la puerta, un joven alto, corpulento con músculos bien formados, mostrando sus pectorales y sus cuadriculas abdominales. Llevaba el cabello lacio que caía juguetonamente sobre sus ojos negros surcados de pestañas largas y muy chulas. Cabeceé y me dije –¡despierte pendejo! Pues sinceramente ese tipo era demasiado guapo, parecía que se había escapado de un figurín de moda. ¡Vaya mi sorpresa! Cuando se acerca a la mujer salida de una película de terror y la besa… ¡Amigos …la besa! Y lo peor le dice:
– ¿Cómo estuvo tu día mi amor?

–Bien cariño, tenemos un huésped. Y como sé que a ti no te gusta que hable con extraños le dije que todo lo que necesitara, se entendiera contigo.

-Así se hace preciosa, sabes que tengo que cuidarte, de personas mal intencionadas. Al escuchar esto, sentí una sensación indescriptible y extraña, los cánones de belleza se habían invertido o yo estaba bajo la influencia de algo raro. Recordé que lo último no era, mis ojos estaban viendo bien y que no había fumado nada anómalo en mi viaje.

La pareja frente a mí sin ningún pudor inició un cortejo extraño, el apuesto joven, acariciaba a la mujer con pasión y morbo, ella recorría el cuerpo varonil con sus manos huesudas con uñas curvadas negras de suciedad... sentí tanto hastío que mi estómago se desbordó en arcadas y salí del recinto, para dar descanso a mi vientre.

Esa noche no pude dormir, el traqueteo de una cama, gemidos y aullidos de lobos en celo y un sabor amargo en mi boca alejaron a Fobétor y a Fantaso de mí, hundiéndome en una eterna vigilia. Pase la noche en vela, o en luna, porque ni una maldita vela había para encender y así iluminar mi gélida habitación. Al día siguiente, después de hacerme un aseo mediocre, saque los documentos de mi maleta y entre estos las instrucciones del trabajo que debía realizar. La carta decía: "*Roberto amigo mío, la revista cuenta con tu profesionalismo en la investigación que vas a hacer. Te hemos enviado a Carámbano porque nos han llegado rumores que en ese pueblo perdido en la nada, las mujeres son muy poco agraciadas, parece que los dioses las han castigado con una rara belleza. sin embargo, no les ha impedido tener como parejas hombres muy atractivos, entre estos hay modelos, actores, fisiculturistas y el último que al parecer está allá es míster universo. La familia ha prometido pagar a la revista una recompensa si encontramos indicios de la presencia de este joven allá, además, de indagar que o quienes lo detienen impidiéndole regresar, y cumplir con unos contratos de modelaje que ha dejado abandonados. Posdata: No regreses hasta no haber cumplido el objetivo de tu investigación. Magazín: WIR WISSEN ALLES.*"

Al terminar de leer, me dije: - ¡Qué diablos me mandaron hacer aquí! No entendía en realidad la misión, ya que yo era un corresponsal de guerra. Estando en esta incertidumbre, golpearon a mi puerta, abrí y allí estaba el hombre de la casa.

–Buenos días, espero haya pasado una linda noche, porque déjeme decirle, yo lo pase increíble.

–Ya veo… le respondí, mirándole la cara de felicidad y él sí, se sentía relajado, mientras yo tenía un alto grado de stress, me dolían todos los músculos, y si no fuera suficiente, estaba completamente trasnochado.

–Mi esposa solicita que pase a desayunar. Me dijo. - y si desea saber algo de este encantador pueblo le puedo dar un recorrido, hace varios meses no vienen turistas. Espero que como todos los que vienen se quede. Agregó

–¿Los turistas se quedan a vivir en este pueblo? Pregunté con asombro, pues yo había viajado por todo el mundo y visto lugares realmente de ensueño no veía nada especial en este pueblo, al contrario, me parecía horrible.

–Sí señor, aquí nos quedamos, nos enamoramos y nos casamos. Este es el paraíso donde los hombres realmente conseguimos la felicidad.

–¿Cuánto lleva viviendo usted aquí? Le pregunté.

–Yo hace siete años que vivo aquí, llegue cuando tenía 20 años y no deseo vivir en otro lugar, tengo la más hermosa mujer a mi lado y soy feliz. Lo miré fijamente para comprobar que el tipo no estuviera ciego y luego lo seguí al comedor, es decir a la cocina.

–Cariño, ya estamos aquí. Dijo el joven.

–Por cierto, mi nombre es Gary.

–Yo soy Roberto. Soy periodista.

–No diga más, ¿viene a documentar sobre la belleza de nuestras mujeres?

–Sí Gary, algo así.

–¡Bueno desayune! y vamos a hacer un recorrido para que conozcas el pueblo, no basta con decirte que aquí cuidamos a nuestras mujeres y somos muy celosos.

–No tengas cuidado, si todas son tan hermosas como la esposa tuya, no te preocupes.

–¿Qué quieres decir?

–Nada tranquilo, yo se respetar a la mujer del prójimo.

Terminado el desayuno, salimos a recorrer el pueblo. Caminamos por la calle principal, de lado a lado estaban las casas, todas construidas de bareque, pintadas de blanco y techos rojos, tenían dos ventanas pequeñas en madera y una puerta del mismo material pintadas de rojo igual que el techo.

Las mujeres se asomaban por aquellas ventanitas, o algo que parecían damas. Gary las saludaba con mucha cortesía y me advertía en voz susurrante ¡No las mires demasiado! Recuerda que los hombres aquí somos muy suspicaces. A lo cual, yo le hacía ademán con mi cabeza que sí. Realmente no las miraba porque sus rostros me daban pánico. El mismo Freddy Krueger es mejor parecido que estas pobres mujeres salidas del inframundo.

Caminamos por unos minutos, hasta que llegamos a un bar donde se encontraban varios hombres, y como estaba expuesto en la carta de instrucciones todos ellos muy bien parecidos. Cuerpos bien trabajados, cutis saludable y hermosas cabelleras. Hablaban de temas variados relacionados con el lugar, pues como ustedes sospecharán, en el lugar no había electricidad y por ende no había televisores ni radios, mucho menos teléfonos móviles.

Saque la cámara y les tome algunas fotografías, en un instante pensé que se disgustarían, pero ni siquiera se daban por enterados, sumidos en su conversación no se percataron de mi presencia. Detrás del mostrador, estaba una mujer anciana y más fea que la mujer de Gary. Sin exagerar. Ella serbia copas llenas de un líquido rojizo el cual llamaban néctar, los hombres del lugar alzaban las copas y brindaban tomando de un solo trago el líquido. Yo pedí uno, cuando lo hice todos me miraron, guardaron unos segundos de silencio y soltaron al unísono una estruendosa risotada.

–No entiendo, ¿por qué se ríen? Le dije a Gary.

–Tranquilo, aún tú no tienes el jugo, eres nuevo y debes vivir un tiempo más aquí hasta que puedas tener el tuyo. Si miras bien, la cantinera nos sirve de diferente recipiente, cada uno de nosotros tiene el propio.

–¿Cómo puedo obtener el mío? Pregunté,

–Espera…ese es un secreto, ninguno de nosotros lo sabe y desconocemos su procedencia, pero lo que… si sabemos, es que es lo mejor que hemos probado en nuestra vida.

La mujer me miraba con el único ojo bueno que tenía, la mirada era penetrante y hacia erizar hasta la punta de los cabellos, sentía mucho miedo, había caído en un lugar extraño y terrorífico excepto por los habitantes masculinos y niños hermosos que corrían por los charcos formados en la calle fangosa. Algo me inquieto nuevamente. ¿Y las niñas? ¿Dónde estaban las niñas? Le, pregunte a Gary, y él me dijo:

–Las niñas están cuidadas por las madres, por supuesto.

–Perdón, es verdad. Generalmente las niñas en los hogares patriarcales las cuidan las madres encerradas en casa, mientras los niños corren por doquier. Respondí con sarcasmo.

–Ese no es el caso, Roberto estás equivocado. Respondió Gary.

–Aquí cuidamos a las niñas para que ni el sol, ni la lluvia ni mucho menos la fría niebla dañe su piel, cabello, rostro y así puedan conservar su belleza. Yo, guarde silencio. Pensé nuevamente en los estándares de belleza que se manejaban en el pueblo, y no quise saber más del asunto. Y dejando a mí compañero bebiendo su néctar con sus amigazos me marché.

Caminando en busca de algún indicio que me llevara a encontrar al súper universo, vi como unas mujeres con el rostro cubierto llevaban a unas jovencitas hacia el bosque. Ocultándome para que no me vieran las seguí. Caminaron por espacio de unos treinta minutos, marchaban con pasos menuditos, unas cojeaban, otras con los pies encontrados, al parecer pie equinovaro, otras encorvadas, unas con cabezas enormes y otras pequeñas, debajo de sus velos se podía observar con dificultad rostros maltrechos y malhechos, las jovencitas con aspecto similar a sus madres o peores. Yo les tomaba fotografías, evitando el flash y el ruido del clic clac de mi cámara, gracias a Dios las mujeres además de feas eran también sordas; porque ninguna volteo a mirar cuando disparaba mi cámara. Después de caminar, llegaron a una casa grande en la mitad del bosque, la casona estaba bajo un enorme árbol que le cubría casi toda con su follaje.

Las mujeres entraron con sus hijas a la casa y yo las observaba a través de la ventana. Allí adentro, descubrieron sus rostros. ¡Ánimas benditas me dije! ¿Pobres mujeres, por qué fueron castigadas con esas raras enfermedades? Del espanto pasé a la caridad y a la misericordia. Ya no me daban miedo, más bien me inspiraban piedad. Pasaron toda la tarde hablando con una anciana, una a una ingresaban a una habitación llevando un frasco en sus manos.

Mi curiosidad me llevo a caminar con pasos sigilosos, rodeando la casa y buscando un agujerillo por donde mirar, y saber de esta forma, que hacían aquellas mujeres en el cuarto. Fue así, que pude encontrar una ranurita en la pared y clave mi ojo en él, ¡vaya, vaya, vaya! Con que tamaña sorpresa me encontré; pude ver, como una de ellas, alzaba su falda, colocaba el frasco en su vagina, se frotaba la parte baja del vientre y dejaba caer su menstruo dentro del frasco, cuando estaba lleno, lo tapaban nuevamente y salían, luego entraba otra y otra más hacia lo mismo.

Al terminar la extracción del sangrado vaginal, las mujeres, las jovencitas y la anciana se dirigieron al bosque. Yo escondido detrás de los arbustos observaba sin perder ningún movimiento. Las mujeres al llegar a un escarpado, hicieron una ronda iniciando su aquelarre, levantaban los frascos y danzaban repitiendo un estribillo que decía: ¡Por la luna!, ¡por el sol!, ¡por el agua!, ¡por el fuego!, ¡y por mi sangre!, uno y hato al hombre más hermoso que beba mi dulce elixir. Que viva por mí, respire por mí y que solo sienta placer con mi cuerpo, con mi voz y con mi ser. ¡Bendito extracto!, ¡bendecida sea esta substancia mi dulce ambrosía de amor!

Al terminar el conjuro, las mujeres se dirigieron a la casa. De repente me enredé con una raíz y me fui de cara contra la tierra, quedé quieto. Cuando el peligro se había disipado me levante y volví a la casa donde me quede observando por el mismo agujero.

Pasaron unas horas más, todo era silencio y ya la oscuridad envolvía con su manto de misterio el bosque. Las mujeres fueron saliendo de la casa, pero dejaron a sus hijas, escuché voces y pude intuir que las chicas no pasaban de los doce años de edad, sus madres antes de partir las abrazaron y le hicieron recomendaciones de obediencias a la señora Jacinta la anciana.

Yo me quedé allí, quería conocer más sobre el asunto. Jacinta les decía a las jóvenes.

-No tengan miedo, yo las cuidaré hasta que tengan el pretendiente para casarse y ser felices por siempre, mientras tanto recolectaremos el extracto rojo, cada mes, y lo guardaremos como el más costoso de los tesoros. Debemos llenar muchos frascos como este, porque éste es el que les garantizará tener como esposo al hombre que ustedes deseen.

–¿Y cómo hacemos para conocer un hombre, si no salimos del pueblo? Preguntó una de ellas.

–No se preocupen, que sus hermanos mayores que han salido del pueblo y sus familiares los buscaran, los traerán y cuando ustedes los elijan les daremos el néctar y jamás se irán de su lado.

–Gracias, señora usted es muy buena. Dijo otra chica.

–Como no voy a cuidarlas, si yo las ayude a traer al mundo.

Estaba destruido escuchando y cavilando lo que sucede en el lugar. Y así concluí que, en Carámbano, se esclavizaban los hombres, los embriagaban con el líquido rojo que preparaban con sevicia y sin escrúpulos y de esta manera los sometían para su beneficio. ¿Qué clase de mujeres son estas? Estaba en estas cavilaciones cuando sentí el metal frío de la boca de un rifle en mi cabeza.

–¿Qué hace aquí? Era la vieja mañosa, me había descubierto y ahora me tenía a su merced.

–Señora yo pasaba por aquí… me atreví a decir y ella completó la frase haciendo gesto de remedo.

–Si pasaba por aquí…, y aquí se va a quedar. Sin dejar de apuntar, me llevó a un cobertizo donde tenía amarrado de pies y manos al tal míster universo. El hombre estaba tumbado sobre un bulto de paja, donde fui a parar después de recibir un brutal golpe en mi cabeza.

Al día siguiente un hilo de luz se coló por una ranura del piso, hiriendo levemente mis ojos. Sentía un fuerte dolor de cabeza, como si me la hubiesen partido en dos, tenía mis manos, pies y boca inmovilizados con trozos de tela mugrienta y olorosa a estiércol de cerdo. A mi lado estaba el super universo, indefenso más que yo, sus ojos miraban fijamente la techumbre, se podía ver como la baba espesa salía por el mugriento trapo que la cubría.

–Yo le interpelé diciéndole.

–Vamos a soltarnos y a escapar de aquí. ¡Ánimo!, yo vine a investigar su paradero y le prometo que saldremos juntos de aquí. Pero el pobre hombre, no entendía nada, no decía nada, de la belleza masculina que le dio el título de míster universo no quedaba sino un súper tonto. Entonces pensé: "es imprescindible que salga de aquí antes que me vuelvan tan tonto como él" no había terminado de pensar esto cuando entró la anciana acompañada por otra fealdad, con una fuerza descomunal abrieron mi boca y me embebieron la substancia escarlata.

La sangre bajaba por mi garganta, recorría mi sistema digestivo, luego fue entrando a cada una de mis células apoderándose de mi virilidad, de mi ser, de mis sentidos. Luego sentí un orgasmo eterno, transportándome por el inmenso universo. Por primera vez, sentí una emisión tan profunda y gloriosa a la vez. Luego del éxtasis infinito vi solo belleza a mí alrededor. Jacinta era una hermosa dama cuya belleza radiante magnetizaba su alrededor.

Después de ese momento vivo una vida llena de amor y felicidad. No sé cuánto tiempo estuve allí embriagándome día y noche con la más deliciosa bebida de Dioses extraído de las más hermosas, fogosas, románticas y bellas mujeres que nunca había visto. Han sido días y noches de fogosidad, desenfreno y apasionante placer. Ya no deseo salir de aquí, si alguno de ustedes quiere vivir en el paraíso del placer carnal vengan a Carámbano. ¡Aquí los espero!

EL PERRO QUE ENVIDIABA AL GATO

Por Nathaly Yubieth Cardona Alonso

Yacía el perro en la ventana que mira al jardín, observa, olfatea y anhela, ha pasado todo el día encerrado y ya quiere sentir en sus patas el fresco del césped, ha comido, se ha saciado pero ya está aguantando las ganas de orinar, las sandalias de su dueño ya están suficientemente destrozadas, la casa es aburrida, se siente triste y ansioso porque la llegada de su amo a casa es demorada; mira por la ventana, cierra los ojos, duerme y sueña con su amo, levemente abre los ojos y logra ver a lo lejos en el tejado el distante gato, éste lame su cuerpo, que prepotente se ve, no tiene paredes que le limitan, viene y va cuando lo desea.

Entonces, a veces el perro hubiese deseado nacer gato, una vida nocturna y algo rebelde, y piensa: "¿Qué sentido tiene ser perro? El gato tiene privilegios". Todo esto pensaba el perro hasta que sus ideas fueron interrumpidas por un aroma en el ambiente, unas llaves suenan en el fondo, así que, el perro levanta su cabeza, sus orejas se irguen, reconoce el sonido de sus pasos acercándose, definitivamente es él, desespera y aruña la puerta que lento se abre y por fin puede abalanzarse sobre su amo, su cola tiene vida propia, cuánta velocidad alcanza, quizá es el mismo agite de su corazón, puede llenarle de baba, es su alegría y plenitud sentir sus caricias, escuchar ser nombrado, escuchar como le habla aunque no le entienda, y entonces, en medio de la espontanea felicidad olvida, por qué envidiaba al gato.

No hay nada mejor que estar con su amo, pronto darán un paseo y la pequeña casa al regresar será el paraíso, lo disfrutará todo hasta que amanezca, está domesticado, pero amará su prisión hasta que nuevamente su amo vuelva a trabajar, y entonces, de nuevo, volverá a envidiar al gato.

EL REENCUENTRO

Por María Elena Rosero Villota

Agitada y somnolienta despierta Esther, era la mañana de un jueves lluvioso y las gotas empañan su ventana y sus ojos, mira la hora y todo le recuerda a él; esa fue la hora de la última vez que lo vio, su aroma aún en la almohada la desgarran en llanto, la fotografía en la mesa de noche aún le habla.

Presiente pasos, presiente un ¡hola! ya he vuelto, pero nada, nada es cierto, sumerge su cara en la almohada y siente desaparecer por un instante, una mano toca su hombro y un susurro que eriza su frío cuerpo le dice:

–Aquí estoy contigo, no te dejaré sola, nunca.

–¿Cómo dices eso cuando ya te has ido? pregunta con su voz llorosa.

–Aún no me he ido, aún permanezco en este espacio oscuro, no he hecho más que caminar como en una retrospectiva de mi vida.

–Ayer vi a nuestro hijo, un niño hermoso que sonríe todo el tiempo, con voz tierna me dijo:

–Ven papá aquí te espero.

–Dile a mami que, aunque no nos vimos cara a cara, la amo y que pronto nos reencontraremos.

LA CALAVERA

Por Alejandro Echeverry Almanza

La vi acercándose despacio, traía un vestido azul pálido, sucio y deshilachado, con un medallón de plata reluciente sobre su pecho. Yo estaba de pie, inmóvil, recostado en el monumento de cemento con una lápida a mis espaldas. Caminaba hacia mí, con su largo cabello enredado, las carnes podridas y la piel en colgajos desechos. Su rostro estaba carcomido por parches necrosados, de donde afloraban sus huesos faciales.

Llego frente a mí, sus ojos hinchados y amarillos escurrían sangre descompuesta por sus mejillas. El miedo me poseía por completo, sentía un escalofrío terrorífico que apretaba mi pecho, silenciando los gritos desesperados que desde mis entrañas quedaban atascados.

Solo podía mover los ojos, me tenía totalmente poseído. Se paró frente a mí y me tomó del cuello apretando con sus manos desleídas y sus nudillos descubiertos. Me desmaye por un instante, pero me sacudió con furia; ya no respiraba. Volví en mí, mientras me gritaba salpicando un líquido sanguinolento, verdoso y purulento, sobre mi cara. –¡Regrésame la cabeza! o así como profanaste mi cuerpo, yo profanare tu alma –fueron sus palabras envueltas en un eco de ultratumba. Abrió su boca desgarrando sus mandíbulas con chasquidos viscosos, para darme un gran mordisco en la cara.

Solté un fuerte alarido y me desperté, quedé sentado en la cama de mi cuarto oscuro, con el corazón bombeando furiosamente sangre por mis venas, y vi la calavera sobre el armario, iluminada tenuemente por un rayo de luz que entraba desde la calle.

En un segundo recordé todo el macabro sueño, y el porqué del cráneo sobre el armario.

–No, que susto tan tenaz hermano, de solo acordarme miré como me erizo –le contaba al pecoso, que reía nerviosamente.

–Yo le dije que no se trajera esa calavera, pero como usted la quería de candelabro, hay tiene… ¿y qué paso después?

–Pues con ese grito desperté a todos en la casa. Mi hermana desde su alcoba preguntó ¿qué le pasó Jaime? Y yo le contesté que solo fue una pesadilla.

Encendí la luz, la calavera me miraba con sus cuencas oscuras que acentuaban pequeños reflejos de luz en su interior; como si tuviera vida, mientras el miedo me poseía. Saque los guayos de la bolsa de tela y con cuidadito metí ahí el cráneo. Abrí la puerta del patio y aterrado la escondí detrás del lavadero.

–Eso fue a la media noche y no pude pegar el ojo, estoy consternado y con ella en el patio.

–Pues hay que llevarla de regreso a Armero, aunque todo fue solo un sueño, yo también estoy psicosiado –afirmó el Pecoso, tomando su barbilla con la boca entreabierta y la mirada perdida.

–Pero hoy no puedo Jaimito, tendrá que ser mañana porque ya me voy para la finca.

Me fui para la casa pensativo, trasnochado y muy cansado. Solo quería dormir un rato. Pero cuando ingresé a mi habitación, estaba completamente revolcada, todo tirado por el piso. Mire sobre el armario, y allí estaba la calavera que había dejado en el patio, mirándome sonriente.

–Quede en shock pecoso, completamente desgonzado me tire en la cama boca abajo. Pero me pare rápidamente sollozando con los ojos encharcados y muerto del susto le dije:

–Está bien, discúlpame, te llevaré donde perteneces –le hablé con la voz entrecortada mirándola a "los ojos".

Tomé la bolsa de los guayos, que estaba junto al cráneo. Me eché la bendición, con delicadeza lo introduje y apreté el cordón para cerrarla. Salí apresurado hacia el parque a buscar una buseta que me llevara a Armero.

Descendí del vehículo angustiado, hacia un calor sofocante. Tomé la ruta entre el amasijo de barro tieso, cuerpos, fierros retorcidos y pedazos de casas enterrados. Llegue a lo que algún día fue el parqué de la cálida y pujante ciudad de Armero, donde ya había pasado casi un año desde la tragedia, cuando después de la erupción del Nevado del Ruiz, una creciente avalancha encañonada sepultó a sus ciudadanos.

Me arrodille en las ruinas de la iglesia y recé un padrenuestro. En un nuevo sentimiento de respeto con el más allá.

Me dirigí temeroso al lugar de donde lo había tomado, entre monumentos, lápidas y epitafios. Los árboles crecían por todos lados en esta planicie de lodo.

Llegué al sitio exacto, al pie de una ceiba. Una bella mujer muy elegante, vestida con un traje de muselina azul, se acercó caminando hacia mí. Observaba sus hermosos rizos negros que caían sobre su pecho moreno, cuando le vi el medallón de plata colgando del cordón de cuero, el mismo que había visto en la pesadilla; era ella, la mujer del sueño, la dueña de esta cabeza. Entre en pánico.

–Entrégamela –dijo con voz y gestos de tristeza, estirando sus brazos– no vuelvas a irrespetar la muerte, pues ella está dentro de cada uno de nosotros.

Se la entregué apresuradamente, solo quería salir corriendo, cuando un rayo de tormenta con pleno cielo azul, destrozó un pequeño árbol frente a nosotros. Vi cómo lo partió de un solo fogonazo, sentí como me desvanecía, es lo único que recuerdo de ese día.

Me desperté con los primeros rayos de luz, a la mañana siguiente. Estaba acostado en posición fetal, en un mullido pastizal con una lápida detrás de mi cabeza. Me arrodille para pararme y leí el epitafio, escrito en forma circular: "La muerte no será barrera, en sueños estaremos juntos. DANIELA".

Estaba desorientado, me encontraba como a 300 metros de donde me había desmayado. Salí corriendo despavorido, buscando la vía nacional para conseguir transporte.

–Tenaz hermano ¿y a qué hora llegó?

–Pues llegué al pueblo aún temprano, ya más tranquilo, como si me hubiera quitado un peso de encima. –Ingresé a casa suavecito para no incomodar en domingo. Quite el candado y entre a mi cuarto –créame amigo casi me orino, estaba completamente ordenado y limpiecito –el Pecoso escuchaba atentamente.

–Fue ella otra vez –pensé mientras me tiraba en la cama horrorizado.

–Sentí algo en el bolsillo trasero del pantalón, y otra vez ese terror macabro de ultratumba me invadió, al ver el medallón de plata entre mis dedos –le dijo poniéndolo sobre la mesa en medio de los tintos.

–Uyyy hermano, guárdelo, a mí ni me muestre eso –replico el pecoso asustado sin quitar la vista del medallón–. No, no, no ¿qué está pasando mi llave?, ¿qué piensa hacer con eso?

–Pues he pensado en venderlo, botarlo, enterrarlo o regalarlo, pero que tal que después no pueda descansar hasta recuperarlo. Pienso que lo mejor es conservarlo; si me deja tranquilo no, porque estoy mamado. –respondió Jaime con la cara demacrada y la mirada angustiada, mientras guardaba el medallón en el bolsillo de la chaqueta.

Esa noche, después de botar cabeza sobre todo lo sucedido, me fui quedando dormido con el medallón en la mano. Y tal como decía el epitafio, nos encontramos en los sueños:

–Hola Soy Daniela, esperaba conocerte –le dijo la hermosa mujer en bikini, parada en la orilla del río.

–Hola, yo soy Jaime, perdóname por haber tomado tu cráneo.

–No fue nada, me alegra que lo hicieras, así podremos conocernos hoy. Además, trataste mi cabeza con respeto y con ternura.

Paseamos por la orilla del rio, nos bañamos en las cálidas aguas, reímos, jugamos en la arena... y en una tarde hermosa de cielo anaranjado, caminamos por la playa del río de la mano, en silencio.

Observamos las garzas cazando caracoles y las parvadas de loros con su alharaca. Estábamos sentados sobre una piedra plana con los pies en las lentas aguas del río. Nos miramos a los ojos, fijamente, acercamos nuestros rostros, yo muy serio y ella sonriendo levemente. Me tomó de la cara, y me dio el más largo y delicioso beso de mi vida. Fue sublime, estaba en ese trance exquisito de la pasión, cuando desperté muy excitado.

–Eso fue la primera noche hermano. Tuvimos otra noche con lluvia de estrellas, pan, nueces y vino; muy enamorados. El tercer día dormía en la mañana, y fuimos a una solitaria playa, a orillas de un mar tranquilo, bajo la luz de la luna llena. Allí hicimos el amor por primera vez, deliciosamente frente a una fogata. Pecoso no solo se trata de sueños, las sensaciones son reales –afirmaba con emoción, ante el rostro estupefacto de su amigo.

–Llevamos saliendo cinco días y ya estoy enamorado. Daniela es maravillosa, tan hermosa, tan sensual, tan cariñosa; es la chica de mis sueños.

–¿Pero qué cosa esta diciendo?, ¿qué le pasa Jaimito?, ¿se le corrió el techo?, ¿Como que se enamoró de una muerta?

– Es lo que siento, solo espero quedar dormido para volver a ver a mi Daniela.

–No que locura hermano, usted no está bien. ¿Qué hizo con el medallón?

–Lo llevo puesto –afirmó, mientras se lo mostraba bajo la camisa–. Yo sé que esto es raro y me siento extrañó con este amor de vida y muerte.

15 días después reflexionando sobre este intenso y puro amor, pero sabiendo que no hay futuro en nuestra relación. Tomé la triste decisión de ir a Armero a buscarla, para que termináramos, aún ante el dolor.

Ella me esperaba afuera de la que fue su casa, frente a su lápida de mármol. La abracé y nos besamos intensamente. Con el corazón destrozado, en medio de llantos le puse el medallón de plata y le pedí que no me buscara más.

Camine unos 20 pasos, sentí esa angustia del amor perdido, ese llanto ahogado que aprisiona la garganta. Volteé a mirarla y estaba inmóvil, llorando desgonzada.

Jaime corrió hacia ella y ella hacía él, para encontrarse en un abrazo eterno. Los enamorados comprendieron que ni la muerte puede separar el amor verdadero.

El cuerpo de Jaime quedó tirado yerto y las almas ascendieron en un apretado beso.

LA PRINCESA LUZ Y EL DUENDE MALVADO

Por Angela Patricia Osorio González

Había una vez en un país muy lejano, en el que nació una princesa con una belleza extraordinaria. De piel blanca, ojos grandes, color miel y una sonrisa encantadora. Sus padres eran el rey Milkiades y la Reina Luz Marina. Ellos eran muy felices y gobernaban su país con dedicación. Por lo que eran admirados por todo el mundo. La princesa fue nombrada Luz en honor a su madre y porque con su sonrisa iluminaba todos los rincones de aquel palacio.

Un día, el rey Milkiades llevó a la princesa a dar un paseo por el bosque en su caballo. Quería enseñarle todo lo hermoso de la naturaleza. De repente, apareció un duende malvado que, con una carcajada tenebrosa, asustó al animal. La princesa voló por los aires y cayó al piso inconsciente.

El rey recogió a su pequeña princesa como muerta y la llevó al Palacio. De todos los lugares del mundo llegaron médicos, magos y brujas para tratar de salvar a la princesa. Después de unas horas, lograron despertarla. Pero las noticias no eran favorables, la princesa Luz no volvería a caminar. La noticia dejó devastados a los reyes, que no sabían cómo enfrentar la situación. El rey se dejó llevar por el dolor y enloqueció. Jamás se volvió a ocupar de sus asuntos y se dedicó a beber. Ya no le importaba ni su aspecto personal.

Un día decidió llevar a la princesa y a su madre a lo profundo del bosque. Estando allí, en el lugar más lejano y siniestro, las abandonó. La reina lloraba desconsolada, no podía entender cómo su esposo, el padre de su pequeña, había podido hacer tal canallada. Su princesa no podía caminar y ella no hallaba la manera de ayudarla. Mientras la princesa, que era valiente y luchadora, trataba por todos los medios de consolar a su madre. Pues, aunque no podía caminar, tenía tantas ganas de vivir y sabía que juntas podrían alcanzar sus sueños, aun lidiando con el abandono de su padre.

La reina la escuchó y con más fuerza lloró. De repente, la reina vio que sus lágrimas al caer al suelo se convertían en hilos dorados. En ese momento, desató la pinza con la que sostenía su cabello y construyó una aguja. Comenzó a tejer unas alas para su princesa de inmediato. Al terminar, la tomó en sus brazos y, colocándole las alas, le dijo:

–¡No podrás volver a caminar! Pero a cambio tendrás alas con las que podrás volar. La princesa, emocionada, acarició sus alas y le respondió:

–Sí, llevaré con orgullo estas hermosas alas que con tu dolor me has dado. Y con un fuerte abrazo, agradeció a su madre. Luego la tomó de la mano y con sus brillantes alas regresaron al Palacio, que para entonces era un lugar desolado, pues el rey, después de abandonarlas, había desaparecido.

Allí todo era caos, pues los duendes se habían apoderado del lugar. El duende malvado, al enterarse de que la princesa había regresado, tomó una espada y la lanzó, fracturando una de sus alas. La princesa cayó sobre su madre, dejándola malherida. Aquel malvado duende celebraba. Y de pronto, de entre las ruinas, apareció un humilde caballero para rescatar a la reina y su princesa. Las ocultó en una torre hasta encontrarles un lugar seguro a las afueras del Palacio. Con mucho amor, las cuidó hasta sanar sus heridas.

Pasaron algunos años, la Reina y el humilde caballero llamado Yobani se casaron, regalando a la princesa Luz el más hermoso regalo, un pequeño príncipe a quien ella llamaría hermano. Esto completó el proceso de sanación de la princesa, quien decidió regresar a su Palacio para enfrentar al malvado duende, que desde su niñez se había ensañado con ella y recuperar lo que le pertenecía.

El duende malvado, al verla regresar al palacio más fuerte y valiente, quiso atacarla. Pero no pudo moverse porque sus hermosas alas lo tenían hipnotizado. La princesa aprovechó la situación, sacó de su vestido la aguja que la Reina había usado para tejer sus preciosas alas. La besó muy suavemente, transmitiéndole en aquel acto todo el cariño y ternura que en su ser llevaba guardado. Y tocando con esta al duende malvado, un remolino de viento sacudió aquel lugar. Todo cambió en un instante. La alegría llegó al Palacio, los duendes se hicieron buenos, las cosechas y prados florecieron enseguida, los ríos recuperaron sus aguas cristalinas y los peces regresaron. El duende paso a ser un pequeño canario mágico y bondadoso. Juntos llevaron la magia y la prosperidad al reino haciendo que el palacio fuera un lugar aún más asombroso.

LA SAVIA DEL BOSQUE

Por Leonara Vélez Valencia

La savia del bosque en el interior de los árboles diamétricos y densos, vistosa, verde y activa llegó a la cintura vieja del más grande de ellos, percibiendo comunicarse con un caminante y explorador botánico que buscaba los tesoros del bosque.

–Oye señor; yo soy serena, líquida y cristalina – A cada momento vibro con las estrellas en las noches, y en el silencio de mis hojas verdes.

–En el día mi figura se estiliza para alcanzar los rayos del sol que a todos ilumina, nosotros podemos trasformar sus ondas magnéticas, y con el agua que cae del cielo entregar múltiples bienes para la humanidad.

–Y nuestros dones llenan la mesa de bondades y servicios ambientales–.

Una voz imperceptible se apoderó de León Darío, que cayó debajo de sus ramas, buscando arrimarse bajo la sombra y reposar un poco, pues se había extraviado de su equipo de asistentes de campo que eran sus acompañantes de expedición botánica.

Y grito, y grito con desespero: ¿hay alguien aquí? y el eco de su voz replicó– Aquí, aquí, aquí, aquí. En sus manos solo llevaba una agenda diaria y en sus pies calzaba unas botas pantaneras y su cantimplora nueva. Entonces se desmayó y quedo fundido en un sueño.

Al otro día despertó confundido, llevaba largo tiempo andando por la selva, por entre las diversas asociaciones del bosque, y no entendía lo del eco de su voz, pero ese árbol tenía un encanto que sustento sus esperanzas, y sintió que había llegado a una casa especial. Donde puede descubrir el mundo de las plantas.

De pronto un fuerte aguacero hizo que se hospedara más tiempo debajo del árbol. Sus ramas frondosas por entre las olas del viento movían los densos troncos esbeltos de los árboles en la región de quórum.

León Darío, un hombre robusto, con sus ojos color miel y largas piernas musculosas sintió un golpe tenue dentro de él y coloco su oído derecho sobre su verde piel.

–¿Hay alguien allí?, volvió a gritar con sensación de miedo. –

La savia del bosque deposito también su esperanza en aquel hombre, para qué no dañe ni destruya la reserva más valiosa del planeta, y el futuro de la savia del Bosque que se refleja en donde se guarde y almacene las semillas con la información genética de los árboles que lo conforman en diversas zonas.

–Y de un salto a la rama más alta ascendió. –

–Señor, señor, no se asuste: –soy yo la savia del bosque. –

– ¿Y quiero saber de ti, – ¿quién eres?, ¿Qué haces aquí?, ¿Y, a qué vienes?

–Me gusta compartir con los humanos, le dice la savia esbelta y fluyente.

León Darío no entendía porque cuando se sentó sobre sus raíces rústicas oye una voz misteriosa, y ahora, esa misma voz la escucha más arriba, en lo alto del árbol, un sonido cósmico circula como un halo colorido que refleja adentro como un corazón verde en cada árbol.

León Darío sabia de las plantas, cada hoja de sus experimentos pinto la savia en sus manos, de repente, como un soplo que sintoniza con las estrellas en un momento ingrávido, su mente se transporta por las fuentes que como venas tallan su singular escultura viva donde emergen las ramas, que bifurcan con su frondosidad espontánea el paisaje natural, y con algunos bramidos y aullidos a lo lejos que espantan su reposo.

Al otro día al despertar, transcurre el tiempo, y recolecta otras muestras–

Muy extraño se siente y percibe otro idioma, cuando los árboles entran en un estado de letargo y necesitan también del descanso–

Llega otro amanecer, y él acunado entre los brazos del árbol que le dan abrigo.

–Señora savia del bosque: ¿de dónde viene su voz?

– Y con un concierto de pájaros se expandió el bosque y todo el protoplasma se alteró con una sensación tácita. Que hizo también volar las mariposas de su hábitat y otras aves.

– ¿Acaso, también sientes como los humanos? – Le dice León Darío que busca el diálogo, y la savia estremeció todo el bosque.

–No igual, pero si tengo sensibilidad y una visión interestelar–contesto.

–¿Como así, señora savia del Bosque? – Le replica León Darío con admiración. Y ella le responde con un lenguaje indescifrable–

–Cuando las estrellas titilan sobre nuestras hojas verdes, todos los árboles del bosque trascribimos con nuestra piel, los sonidos y los símbolos que son únicos, y con la savia del bosque podemos convertir en vida nuestra riqueza para que el hombre pueda sobrevivir y sustentar la tierra.

–Qué bonito suena señora savia, eso busco yo también, que muchos te escuchen y vean que eres riqueza vital. Sin ti no hay bosque, no hay flor ni hay cantor. –

–La savia del bosque preocupada le confiesa: tengo miedo de que en el futuro nos vean como un lindo recuerdo grabado con el pincel del tiempo, en la memoria o el papel. –

–Noo... eso no va a suceder, desde ahora batallo para evitarlo, y su voz savia, se unirá a la voz de la sabiduría humana para conformar las llaves que a todos nos lleve hacia el futuro.

–Gracias hombre, no defraudare su esperanza verde que se agita en mí.

–Una sonrisa tímida salió de sus poros abiertos y las estomas que forman sus hojas llenas, transpiran su presencia.

–Sí, sí. Le dice León Darío exhausto –¿Y sin moverse del lugar de su hábitat?

–Así es. – La savia del bosque es un tesoro que parece oculto entre las hojas verdes de mi ramas, pero hoy quiero comunicarle lo siguiente:

–Señor León Darío. ¿Puede enviar un mensaje a nuestro planeta? – secretos guardados en mis plantas.

¿Si, claro. Cómo sería? Qué bonito suena señora savia del bosque.

–Eso busco yo que muchos te escuchen, y vean que tu riqueza es diversa, nos da agua y vida a toda la existencia.

–Y que en el futuro no te veamos como un lindo recuerdo, grabado con el pincel del tiempo en nuestra memoria o en un cartón, sino en la tierra que nos ve nacer, y crecer.

–Me interesa. contesto León Darío–

–No. Mejor cuando vuelvas, no quiero agitar mi fluido. –y las células guardianas saltaron.

–Aunque este encuentro me deja perpleja. –

Y León Darío no sabía si estaba siendo real o está soñando. Los integrantes del equipo de expedición lo ubicaron debajo de la Encina que danzante, y vigorosa lo albergó dos días, en su viejo tronco.

–León Darío les dice: Muchachos como una esmeralda liquida difundió en la mirada, era ella savia, y experta en el interior del árbol, que lo lleva por otro camino a otra dimensión. Ya no era para él solo importante conocer las formas de las hojas que recolecta para su estudio botánico, sino que se lleva en su mente un mundo lingüístico donde la savia del bosque interactúa con él.

Transcurrido veinte días, estando en su oficina de laboratorio de botánica está revisando unas estomas y la porosidad de algunas muestras botánicas, cuando una gota verde borro las imágenes asimétricas de las tomas y de repente sintió el llamado de ella. Aquella voz sigilosa y misteriosa en el bosque. Que agita sus células como imanes pegados a su cuerpo.

Se había quedado impregnada en su piel humana y en sus sueños, y ahora tiene que dar testimonio para que el planeta cicatrice las heridas que contaminan su hermética figura.

No era fácil abrir los ojos y las puertas mágicas de la riqueza viviente, y empezó a entender que los tesoros del bosque cada día son los tesoros de todos, como el aire al respirar.

Y que la savia se está agotando poco a poco por nuestros actos que desequilibran el ambiente de la belleza de un bosque lleno de la savia y el paisaje natural–.

León Darío luego de hacer estas conjeturas sentado en su oficina, le incitaron a su reacción.

Y en la mañana siguiente tomo el primer vuelo, que de la ciudad vuelve y le lleva al bosque de la región el Quórum.

Buscando la forma de volver a sentir aquella voz extraña y mágica que escucho cuando se perdió entre el vientre del bosque. Y que lo conecta con el universo en un mundo inmerso en cada hoja.

Esta vez viajo solo, ya había vencido el miedo, ahora está entre la realidad o quizás en un sueño del que no despierta. Las ansias por este reencuentro lo hicieron más valiente, y luego de su llegada de la ciudad, se desplaza nuevamente en una lancha por el rio el Diamante que lo lleva a el bosque más exuberante del planeta–.

A la llegada los árboles aplauden contentos, tenían en sus hojas la memoria genética que puesta en la sabiduría del hombre podrá salvar a muchos.

Habían intentado comunicarse con otros humanoides, pero solo rasgan sus vestiduras verdes para ver que sirve adentro de cada uno de ellos.

Cuando la Encina más grande respiro todas las hojas secas cayeron ante su mirada y León Darío se dirigió al gran árbol legendario de la región.

Colocó la oreja sobre el árbol mismo que lo acuno en su desconcierto, quería volver a escuchar sus voces, y sonidos cósmicos que envuelven a Darío y lo hacen reaccionar para compartir con su voz la Savia del bosque.

Ella incauta y pálida por la tristeza que la agota por dentro quiere conocer y sentir la savia del hombre para convocar la conformación de su esencia y así crear bancos que guarden y almacenen las semillas de la tierra y eleve la conciencia humana, para que el bosque no se agote.

León Darío inmerso en su fluido centenario ahora le contesta;

–He venido hasta acá muchas veces, – y solo observaba tu presencia, en los colores y las sombras de sus especies, pero ahora veo y siento como un velo verde que me envuelve entre su halo ferviente, lentamente y con la voz del tiempo que talla sus diversas joyas donde también la fauna silvestre se deleita.

La savia del bosque se dirige con sus especulaciones técnicas, y el viento lo visita suavemente con el sol alegre–.

–Ves Darío como el viento me conversa con su silbido que esculpen mis latidos en tallos y ramas verdes. Y el sol que calienta mis células expande las ondas magnéticas hacia otros planetas – Desde acá contemplamos la lejanía estelar—

–Claro bella, desde aquí lo siento. –Y también, veo en las noches como se inclinan a la luna. Los he observado desde hace mucho tiempo, además me da felicidad. Le dice a la savia del bosque encantado. –

Entonces Darío se sumergió en una maravillosa noche. Abraza un poco la cintura del árbol de Encina que no alcanzó con sus brazos a cubrirla. De repente, unas chispas de fuego cayeron cerca. Alguien sin escrúpulos ni sentidos lanzo fuego y el seno del bosque se desplomo a un lado donde ambos se amparaban y la Encina lloro llenando sus brazos de lágrimas –

Por fortuna, la voz de la Encina apago el fuego y sus lágrimas regaron el terreno.

–Ya paso todo, –A qui no fue, muy cerca sucedió. Le dijo la savia encina–

León Darío hundido en el dolor que destruyo la riqueza a su alrededor.

Prometió a la verde Encina que, aunque pasen muchos años va a conservar la memoria arbórea de su población, y no permitirá que se destruya el bosque.

Por lo cual, guardará en un banco las semillas de Encina, para que no se extingan, ni se agoten los bienes que proporciona a todos los reinos en la tierra.

Entonces, el explorador después de terminar con la penúltima expedición botánica en dicha región se reúne con su equipo de trabajo para difundir y propagar las semillas de la Encina y otras especies que conforman el bosque.

Cuando León Darío culminó la reunión, busco su libreta vieja para mirar la fecha, y descubrió un escrito sobre ella que decía: "Sobre la piel de este papel un árbol soñó".

MANSEDUMBRE O LA TRISTEZA DE UN DIABLO

Por Dayanne Sofía León Carballo

Movía el agua tibia lentamente con la mano dentro de la bañera creando ondas, esperaba a que el anciano llegara hasta el cuarto de baño y se sumergiera. El viejo sacerdote era silencioso y suave como un melocotón, hacía décadas que el baño diario se había vuelto un agradable ritual, cuidarlo en su fragilidad era la forma de compensar sus acciones y omisiones pasadas. Mientras le masajeaba las piernas hinchadas por las varices el anciano trato de tomar uno de sus senos, pero ella le aparto la temblorosa mano diciéndole – en un momento su excelencia, cada cosa en su momento.

La mujer no era mucho más joven que el sacerdote, pero si mucho más ágil, una vida de trabajo duro desde niña, le habían dotado de un vigor envidiable, lo ayudo a salir sin mucha dificultad de la bañera y lo sentó en su cama, allí seco con mucha atención su blanco y frágil cuerpo, con una toalla desteñida pero limpia; lo cubrió de talco para bebés y le puso unos pantalones cómodos, cuando lo recostaba en la cama él le susurro: –Gracias.

Ella se metió en la cama a su lado, para cantarle muy cerca del oído izquierdo, el único que le funcionaba, después de miles de confesiones regurgitadas sobre el oído derecho, ese villancico navideño que tanto le gustaba, mientras el anciano mamaba su pecho izquierdo al tiempo que con sus suaves y arrugadas yemas acariciaba su otro pezón, ella cantaba hasta que el anciano se dormía, siempre con los ojos azules abiertos y la boca desdentada levemente abierta.

La mujer contemplaba por la ventana como las gotitas de lluvia golpean suavemente los cristales mientras el viento cómplice movía las hojas de los árboles en el patio; como siempre pensaba en tiempos lejanos y desafortunados, el sonido de la tetera la regreso desde sus remembranzas hasta sus deberes en la cocina, saco las bolsitas de manzanilla y yerbabuena, la mezcla favorita del anciano sacerdote para después de la siesta. Como era un día lluvioso durmió media hora más.

Ella subió las escaleras con el té, estaba caliente, pero cuando él estuviera totalmente lucido como para beberlo ya estaría tibio. Siempre despertaba y preguntaba si tenía visitas en el salón comedor, desde hacía mucho que no era así, cuando sus jóvenes visitas dejaron de aparecer, él perdía lentamente sus fuerzas junto con la noción del tiempo. La sangre de vírgenes siempre ha alimentado a los demonios, solía decirle su madre y el anciano sacerdote ya no tenía vírgenes para saciar su hambre.

Lo observaba de pie junto a la cama sosteniendo en una bandeja las dos tazas de té herbal, al lado tenía como compañero de sueños la imagen tamaño real de un divino niño en pañales. Antaño debía sacarla de la habitación cuando las jóvenes visitas subían a la planta alta, luego los esperaba con chocolate y pastel como merienda para restablecerles el ánimo y el amor por la vida honesta, al menos eso era lo que deseaba que sintieran aquellos en sus estómagos revueltos.

–¿En qué piensas querida?

Retiro la vista de la pequeña estatua y lo vio mirándola con esos afectuosos ojos azules de niño pequeño, con los que la recibía después de soñar.

–Beba se excelencia. Le dijo mientras le acercaba la taza y le acomodaba las almohadas.

–¿Qué hay de comer?

Ella le respondió sin ningún tipo de matices en la voz, ya resignada a la inminente muerte por hambre, por supuesto un castigo merecido.

–Nada, ya sabe cómo son los vendedores, debo salir hasta el otro pueblo y por la lluvia el camino va a estar lodoso.

–Ve caminando. Siempre has sido fuerte, querida.

Ambos bebieron el té con calma, mientras recordaban el pasado, como suele suceder con las personas que reconocen ya no tener futuro. El anciano empezó a contarle una vez más sobre las catacumbas del monasterio de Santa Helena, de cómo los monjes perdieron sus preciosos conejos durante una peste en el 27, del desabastecimiento, del rumor verdadero que la tierra de las tumbas ayudaba a preservar los cuerpos incorruptos de los santos monjes y de los simples mortales que se podían permitir dormir la eternidad junto a ellos.

Ella ya ni siquiera lo escuchaba, mientras hablaba de la venta prodigiosa de la más deliciosa carne de conejo, casi milagrosa en medio de la peste, ni de como durante el terremoto las catacumbas quedaron al descubierto, y sobre cómo no se encontró más que un par de cuerpos de abades, lo demás devorado consumido sin pudor, ni del olor de los cuerpos de los monjes quemados en hogueras por campesinos y terratenientes asqueados por su obligado canibalismo, ni de los monjes cantando el Páter Noster en un latín celestial al arder.

–Iré caminando, después de todo no es tan lejos.

Lo interrumpió diciendo la mujer mientras ponía las tazas en la bandeja, salió con pasos sosegados después de tocarle la frente y comprobar su temperatura estable.

Frente a la puerta titubeo antes de abrirla, recuerda los insultos, los escupitajos, las verduras podridas y una que otra piedra. Caminaba con las botas y el impermeable puesto con la esperanza de que le sirvieran de camuflaje, ahora notaba las miradas con menos rencor y más lastima, las lenguas menos ruidosas y vociferantes ahora murmuradoras. Ya las autoridades ni siquiera llegaban en las noches con inspecciones sorpresa, las certezas de antes solo eran rumores, suposiciones, simples malentendidos. Moloch y su guardiana pronto se desvanecerían como los cuerpos de aquellos golosos monjes, dejando solo el olor a podredumbre en el aire.

LA VACANTE

Por César Morales

No debió poner su apellido aquí en la casilla que dice nombres. Diligencie otro formato y haga la fila de nuevo, siguiente…

–¿Cuánto vale un formulario de aspirante?

–Diez mil.

Álvaro hizo un gesto de desdén y su mente se clavó en su bolsillo, traía cuatro mil.

La vida lo puso entonces en ese dilema diario de las carencias, devolverse a casa sin aplicar al empleo, pedir dinero hasta completar o llevar una bolsa de leche a casa, al menos.

Se paró al final de la fila, nunca antes se sintió tan reflexivo, miró uno a uno a los demás aspirantes. Todos con cara de penuria. La pobreza es algo que los pobres detectan fácilmente, se pega como calcomanía en la ropa, en los zapatos, en la mirada de desprecio que se prodigan entre los mismos pobres, pero sobre todo en el silencio: los ricos tienen mucho de qué hablar, los pobres no.

Treinta y siete personas, veinte hombres, diecisiete mujeres. Los miró a los pies, sabía que lo último que estrena un desempleado es zapatos. Desechó los gastados, esos a los que se les nota el rebusque. También los de cordón, esos sufren del engaño, al apretarse mucho se recomponen y parecen en buena forma. Encontró unos tacones bajos, de esos que llaman playeros, buen color, buen aspecto, poco uso. Fue subiendo su mirada, falda a media pierna, paño café de tablones amplios, bien planchada. Prosiguió, blusa de satín en palo de rosa, lustrosa, elegante. No quedaba duda, era la indicada.

–Disculpe usted, he diligenciado mal mi suscripción, y me he quedado corto, ¿podría por favor colaborarme para comprar otra forma? La mujer apretando el bolso contra su pecho, le lanzó una mirada fría. La sonrisa tímida de Álvaro se encontró con unos ojos afilados enmarcados en un par de lentes bifocales que los hacia ver más grandes y profundos.

– No tengo.

–Gracias, dispense usted de nuevo. La sonrisa se le quedó congelada, todos los que estaban delante en la fila le voltearon a mirar. Se sintió escrutado, auscultado, el color y el calor se les subieron a las mejillas, a la cara y sintió el pelo crispado. Un pobre humillado por otros pobres es la degradación, es ubicarse en el último lugar de la indigencia. La solidaridad de los pobres es falsa, es burla.

–Puede prestarme un lápiz por favor. Sobre el mostrador de cemento laminado puso el documento y levemente empezó a borrar el apellido Gracia, una ironía, Álvaro era un tipo sin gracia, sin suerte, sin fortuna, sin sobresaltos, sin fe. Lo hizo tan levemente, tan dócil, pero el papel cedió y el Gracia quedó pegado de la goma del lápiz, dejando una rotura, una especie de cicatriz macabra en pleno encabezado del currículo. Miró hacia la cabina donde estaba la dependiente que lo atendió, detrás de ella leyó un cartel enorme en letras grandes y rojas: no se aceptan formas con tachaduras ni enmendaduras. Sintió algo que le jalaba el pantalón, era una niña, tome y le estiró su manita. Dos monedas de cien pesos cada una.

–Pasaron dos segundos, toda la vida, todas las vidas, apretó las manos, no miró a nadie, pensó en los cuatro mil que le quedaban, restó dos mil del pasaje de bus, supo que no le alcanzaría para la leche. Decidió caminar.

–¿Qué otra cosa hace un desocupado un martes a las nueve de la mañana en el centro de una ciudad que no sea caminar? Pasó por el camellón del comercio, los almacenes aún estaban cerrados, solo unos pocos lugares de comida estaban abiertos, la tripa le recordó que estaba en ayunas. Bajó hasta la galería, los pequeños puestos de frutas y verduras seguían empaquetados y amarrados esperando sus dueños. Algunas manos le saludaron, pero no miró a nadie, sintió las monedas en la mano.

–Caminó una a una, pausada y rítmicamente las cuarenta y seis calles que lo separaban de su casa, vio la gente en los paraderos esperando el bus, no sintió cansancio, ni fatiga, solo rabia, impudor, desesperanza. Deme una bolsa de leche grande, ¿Cuánto vale?

–Cuatro mil doscientos.

Entró a su casa, su mujer lo miró.

–¿Y?

–Esperar, toca esperar. Ahí pase la solicitud, me quedó bien hecha y me la recibieron. La mujer tomó la bolsa de leche sin mirarlo. Lo llamó Pascual, que mañana empieza allá en la fama.

SIN OPCIONES

Por Brayan Camilo Pino Valencia

A veces pareciera que el destino quiere hacer de la vida de uno un mar de azares tan mezquinos que no da siquiera opción de aceptar la partida o rechazar el juego. Somos puestos en una mesa de ajedrez como peones para que jugada a jugada vayamos siendo aniquilados sin piedad y sin decidir, al menos, cómo nos van a dar ese abrazo de muerte. Estamos sometidos a la misma opción de muerte año tras año; la muerte se queda sin cartas y como en este pueblo no pasa nada nuevo y nada interesante llega naufragando por el puerto de la vida, la parca decide matarnos a todos con el mismo destino de nuestros ancestros; la guerra. Desde hace años que venía golpeando la puerta de todos en este pueblo, los padres de nosotros lograron aguantar el sopor de su asedio, soportaron durante años cómo el aliento de la parca les apestaba tan cerca que ninguna ley y norma llegaba a tamizar su oscuridad, pero a nosotros, con toda la carga administrativa y logística que la muerte y la guerra discurren, nos obligó a encararla y, sin otro alivio, respirar su hedor.

La mañana que empezamos a intercambiar nuestras esperanzas por crudas realidades, volvíamos de la plaza con mi viejo. Recuerdo con gracia haberlo visto muy temprano quejarse numerosas ocasiones porque todo estaba muy caro en cada uno de los puestos pues, aunque se había desplazado de uno a otro buscando la mejor calidad y precio, todos oscilaban entre las mismas proporciones. Yo me reía de verlo refunfuñar entre dientes, rascarse la cabeza, hacer cuentas en su libreta e ir de un punto al otro comparando de todo, obligándose, finalmente, a comprar ya por obligación para surtir la tienda y llenarla de abarrotes para nuestro abastecimiento y el de los vecinos del pueblo. "Nada se gana por estos tiempos", decía con una indignación cómica pero que tuvo que admitir y dejar a un lado para poder llenarse de nuevo el establecimiento. Acto seguido, llevó al carro las bolsas, los costales y los demás arrumes con todo lo necesario para el negocio.

De camino a la casa, que se hallaba al otro lado del pueblo, pude notar que se respiraba un aire diferente al acostumbrado, como si algo estuviera a punto de pasar. El frío se había apropiado del portafolio climático y un augurio hecho niebla empezó a cubrir las calles, y con tal efecto, la gente se contagió de la triste imagen del día. Las personas se veían distantes, separadas entre sí, parecían escurridizas estrellas regadas en una constelación plagada de desconocidos. La imagen era extraña y desconocida para cualquier habitante de cepa. Mi padre cruzaba el pueblo mirando entre el paisaje urbano y aunque su concentración al manejar era un compromiso de dimensiones éticas, a su modo de ver, este efecto de desolación no le fue ajeno a su vista.

–Hijo, las cosas se sienten raras, ¿no le parece? – interrogó mi padre, que me miró por unos segundos mientras doblaba en la esquina del parque del pueblo.

–Si, padre. Las cosas están apagadas. – confirmé.

Mientras el camino se reducía yo miraba cómodamente al cielo y todas las nubes estaban teñidas de un grisáceo oscuro, como un camino de concreto aéreo que retenía montones de lluvia que estaba por ser suelta. "Parece que va a llover", le comenté a mi papá, mientras mis ojos seguían clavados en esa alfombra gris. Él, atendiendo a mi observación, miró rápidamente hacia arriba, regresó la visión al frente y articuló una mueca que no pude comprender, pero que podría haber sido un gesto de disgusto. Cuando mis ojos se separaron de la altura y miré hacia el frente, aquella imagen de anterior paz se distorsionó a un escenario frenético. Mi viejo frenó el carro en seco y alcanzamos a estremecernos por el violento aplaco. A lo lejos vimos cómo un sinnúmero de personas huía aterradas de algo que no alcanzábamos a ver pero que, sin duda, no era nada bueno. La dirección en la que corrían no nos permitía ver qué pasaba, pero nos daba a entender qué la situación era una verdadera urgencia. Mi padre y yo resolvimos salir del vehículo con celeridad, caminar unos cuantos metros hacia el frente y en seguida notamos el origen del caos. En toda la falda de la montaña que daba fin al pueblo, se veía un grupo grande de uniformados caminando con pesados pasos. Todo un pelotón que le daba un verde más violento al que la montaña ya emitía. Mi papá observó con angustia el fenómeno y me ordenó volver rápido al carro.

–Hijo, súbase en bombas. Estos hijueputas van a volver a tomarse el pueblo. – comentó preocupado mientras volvía rápidamente al vehículo.

–¿Cómo así, ya han venido antes, papá? – pregunté con una curiosidad que se tornaba preocupación con cada segundo que los uniformados seguían acercándose.

El viejo dio una reversa vertiginosa que fue digna de elogios por su agilidad. La preocupación y el peligro aplastan la habilidad de cualquier débil, pero también logran enaltecer la destreza del genuinamente hábil. Mientras conducía hacia las afueras del pueblo, me contestó que hace muchos años, muchos antes de mi nacimiento, una congregación de varios hombres verdes había arribado al pueblo. Eran guerrilleros. "Yo también estaba chino como usted cuando llegaron. En los primeros días, estaban simplemente tanteando el pueblo y viendo quiénes figuraban como líderes", agregó mi papá que seguía narrándome en las intenciones de nuestra huida. La realidad, desgraciadamente, fue cobrando violentos giros y con el paso de los días, empezaron a desaparecer personas, robar ganado y extorsionar al pueblo. Entonces, no sólo fueron empobreciendo la comunidad, sino también matándola, drenando la vida de ese territorio. Sembrando una época durísima para el pueblo y de la que casi no se recupera. Por tal motivo, observar nuevamente esa ola verde caminar con tales motivaciones, provocó la histeria inmediata. La gente del pueblo salía de sus casas con sus familias, sacaban su ropa, animales, álbumes familiares y todo a lo que podía reducir su biografía. Viendo esa desgarradora escena, mi papá pensó un posible destino al que llegar él y yo en el poco tiempo que teníamos de ventaja, pero el destino parecía marcarnos otro recorrido.

En toda la entrada del pueblo se hallaba otro grupo de uniformados amenazadoramente grande. En esta ocasión, no sólo venían a pie, sino que estaban algunos en caballos, otros en motos multipropósito y, para sorpresa nuestra, los escoltaba un camión de carga pesada con mucho ganado. Me hizo pensar que lo habían asaltado unos metros antes. Los tipos nos frenaron tan pronto nos vieron y con un tono de voz altísimo ordenaron que saliéramos del vehículo. Mi papá y yo obedecimos y hasta pusimos nuestras manos en la cabeza para que observaran nuestra cooperación como buena señal y hasta como una posible rendición a sus designios. Un par de ellos se acercó a nosotros con sus armas empuñadas y con la mano que tenían libre requisaron nuestro cuerpo. Lo único que hallaron fue el celular de mi papá con su billetera, y la vieja y curtida billetera que me había regalado mi mamá unos meses antes de morir. Se cuchichearon entre ellos un par de palabras que no logré entender y entonces inquirieron.

–¿Hacia dónde se dirigen? – preguntó el más alto de los dos y que por los aires de acusación que emanaba, suponíamos era quien estaba encargado de ese grupo.

–Vamos a dejar un mercado a mi mamá en el pueblo de aquí al lado. – respondió mi papá, tratando de no dar ningún dato exacto.

–No se puede ir del pueblo, señor. En este momento estamos realizando una toma porque nos llegaron informes de una supuesta colaboración de este pueblo con el ejército.

Yo permanecía en silencio mientras los verdaderos hombres sostenían la conversación más intimidante que yo había escuchado hasta el momento. Giré mi cabeza hacia los lados y pude ver cómo los hombres uniformados iban avanzando lentamente hacia nosotros cubriendo cada espacio por si se nos ocurría escapar.

–Entiendo su orden, señor. – respondió tranquilamente mi papá al predicamento del uniformado, tratando de mantener la entereza en un momento tan siniestro. – no pongo en duda que si vienen aquí es por algo urgente, pero nosotros también nos íbamos por el mismo apremiante motivo. Mi mamá está en el otro pueblo sin qué comer y debo llevarle un mercado para que tenga qué hacer para estos días.

–Lamento que su mamá no vaya a poder comer, pero ustedes de aquí no se van. – contestó secamente y con frialdad. Miró a mi papá a los ojos, levantó su mano y luego hizo un gesto con ella que significó que cuatro tipos nos rodearan mientras sostenían su arma cerca de nosotros, pero sin apuntarnos, aún.

Mi papá miró a su lado toda esa robusta armería y comentó que no era necesario tanta intimidación para hacer que dos personas se quedaran en un sencillo sitio. El hombre a cargo, creyendo que se estaban burlando de él con esas palabras, comenzó a enfadarse y se acercó rápidamente a mi papá para gritarle que él decidiría qué hacer con sus hombres. Encaró a mi papá y ya siendo presa de su ira, le propinó un terrible puñetazo en la cara que le reventó la nariz a mi viejo. Los demás uniformados me retuvieron fuertemente para que yo no reaccionara al estremecimiento que producía mi papá en el piso. Busqué cómo soltarme, pero entre tantos lograron reducirme fácilmente y ninguna fuerza de mi parte logró causarles molestia en su cometido. Como pudo, mi padre se levantó, se limpió la sangre que brotaba de su nariz y me miraba suplicando que yo no hiciera nada. Movía su cabeza hacia los lados materializando una verdadera renuencia y con sus ojos me imploraba que me calmara.

Los uniformados nos montaron al camión de carga con todos los otros tipos que estaba observándonos. Nos llevaron hasta el parque del pueblo para retenernos por unos instantes y presenciar unas imágenes atroces. No nos imaginábamos de lo escabroso que estábamos por ver.

El parque estaba lleno de personas desnudas, los uniformados habían obligado a quitarse la ropa a todos los que intentaron escapar de su asedio y los habían amotinado en la cancha de microfútbol. Alcancé a contar unas cincuenta personas allí reunidas. Todas temblaban del frío. Miraban hacia el suelo, con sus manos detrás de la nuca y siendo vigiladas por un grupo pequeño, pero bien armado. Mi padre me miró y con su cara embadurnada del rojo sangre, me transmitió el pesar que sólo sus ojos alcanzaron a transmitir con el iris de tristeza que en sus órbitas se alojaba. A pesar de todo, ni siquiera imaginábamos que tales actos no eran simples humillaciones públicas o sacrílegas penitencias. No. Cuando llegamos al foco de la congregación desnuda y también fuimos obligados a sustraernos las prendas, oímos por boca de los autores de la tragedia la auténtica intención con nosotros.
–Bueno, como ninguno de ustedes quiere colaborar y decir quién es el que le ayuda a los milicos con la información sobre dónde mantenemos nosotros, pues uno a uno va a ser ejecutado aquí, frente a todos, hasta que alguno cante. – sentenció un hombre de un aspecto inquisitivo, pero que, a pesar de su estado de verdugo, mantenía una oratoria tranquila y serena mientras añadía. – hasta que alguno suelte información, nos vamos. Así nos toque acabarlos a todos.

La primera víctima era el zapatero del pueblo. Un señor padre de familia que arreglaba las botas de cuero, las cotizas y remendaba las botas pantaneras con parches para neumático. El señor temblaba mientras los uniformados lo arrastraban hacia el centro de la cancha y al interrogarlo inútilmente por unos minutos, se escucharon los primeros disparos que robaron la humanidad de aquel sujeto. Algunos vomitaron, otros gritaron por la terrible escena. Mi papá me tapaba los ojos para que no presenciara algo tan infame y quedara en mi memoria como un hecho imborrable, lo que él no sabía era que toda la situación ya iba a ser un anclaje en mi baúl de recuerdos. Las siguientes víctimas, aunque impactantes, no causaron tal estremecimiento que la primera. Algún tipo de sortilegio o de ruptura emocional causa presenciar la muerte de manera directa, porque tener que mirarla más veces le hace dar un sentido de naturalización que enferma a cualquiera. Habitantes del pueblo, policía, gente de la alcaldía y hasta el loco del parque fueron dados de baja en esa fila de la muerte. Las personas iban reduciéndose y cada vez nos acercábamos más al agonizante encuentro y sin nada que aportar para librarnos de esta. Pero todo pareció reverberar cuando uno de los uniformados llegó corriendo al campo de ejecución. No sabemos exactamente qué dijo, pero entendimos que ya no estaban solos y que, a pesar de sus esfuerzos por parecer invisibles entre la selva, un despliegue militar se acercaba rápidamente al pueblo con unos cuantos helicópteros y varios grupos de fuerzas especiales. El tipo que recibió las ordenes gritó inmediatamente que se retiraban y todos los uniformados que estaban ahí corrieron rápidamente a cualquier vehículo que alcanzaran para dimitir de su invasión.

Tras unos minutos y confirmar que no había más intrusión, los sobrevivientes decidimos levantarnos, dejar de mirar el suelo y recoger nuestra ropa para vestirnos entre los cadáveres allí postrados. Nos mirábamos unos a otros, con una depresiva máscara en nosotros siendo, por desgracia, el verdadero rostro de cada uno de los habitantes. El pueblo, mi papá, yo, nos habíamos desvestido por la visita de la muerte y ahora, con el miedo de haber observado cómo la vida puede ser sustraída tan fácilmente como bajando frutos de un pequeño árbol, ya nada volvería a ser igual. La debilidad que experimentábamos nos quitó la alegría y no volvimos a confiar en ninguna autoridad o ley. Nuestra vida se transformó en miedo y la amenaza latente se apoderó de nuestros pensamientos. Desde entonces, año tras año, esas escenas se repiten. Arriban y avanzan esos corrillos, mutilan la población que pretende irse para sobrevivir y, cómo en un ciclo sin fin, la muerte vuelve a ser la única opción para salir de este pueblo, como la única la carta.

¿A QUÉ COSTO?

Por Slendy Paola Flores Camargo

Soy lo que le pasa a todos a veces, algo inesperado, hago mis apariciones especialmente en eventos muy desafortunados, a veces me cuestiono para que he sido creado, sin embargo, los demás dicen que estoy en el mundo indicado, mis compañeros de trabajo presumen sus labores, dar amor a los demás, ser compañerista, dar felicidad y optimismo, sin embargo, estoy siempre al llamado de todo el mundo, soy como un flash, llego en unos segundos. No creo en emociones, no creo en la humanidad, pues siempre se fallan o terminas fallando, mucho gusto soy la desgracia. Me llamó un día entre pensamientos atormentados y palabras desalentadoras suplicando el final de todo lo que en su vida había conocido, un trabajo encadenado, un amor no correspondido y un tumor cerebral que en su cabeza había nacido, llegue a su puerta un domingo a las 11:11 de la noche, cuestionando el deseo ardiente que ella había pedido, en lo que me abre, charlamos un rato y tomamos un poco de vino.

Mi trabajo era sencillo, terminar con el mundo que todos han conocido, pero esa noche al ver sus ojos a profundidad, su sonrisa de par a par y su perfección sin igual, se despertó algo en mí que ya hacía mucho tiempo había perdido, tener un corazón para mí no tiene sentido.

Nos empezamos a reunir todas las noches en el patio de su casa a hablar por horas, pasando tiempo juntos nada era aburrido, y así se nos pasaron dos meses, éramos uña y mugre, casi inseparables, siempre que me llamaba yo estaba para ella, pase de ser su infortunio a ser más que un amigo.

Se me cambiaron las normas del juego, debo cumplir su deseo pero no contaba con que el tiempo se acaba y el sentimiento del amor se me está despertando, siempre estoy bastante ocupado estando presente en accidentes de tránsito, muertes y tragedias, tengo muchas entregas que hacer a la empresa, pero por primera vez, siento sangre en mis venas y estoy transformándome en un ser vivo.

¿Cómo acabar con la vida de alguien que me está devolviendo la vida?, ¿cómo empezar a vivir cuando ella está muriendo día a día?, ¿cómo cambiar los planes que el destino nos tenía?

Fui al consejo directivo y presenté mi renuncia, en lo que me dijeron una vida por una vida.

Sí los milagros existen solo deseo uno, que ella tenga una nueva oportunidad de vida y si su existencia depende de la mía prefiero sepultarme en la tierra y quedarme dormido para toda la vida.

TOC-TOC, TOC

Por Katherin Rojas Sánchez

Lo primero que te vi fue las manos. Pedí que llevaras un vestido amarillo por si no te reconocía. Miré el reloj impaciente por seis minutos antes de que llegaras. Sonreíste cuando golpee la mesa como recibimiento de tu llegada toc-toc, toc, alrededor de tu boca y en tu frente se marcaron dos curvas de extrañeza. Cuando pregunté si te mordías las uñas, tus mejillas se sonrojaron. Confieso que al principio me desagradó, no podía creer cómo alguien metiera sus dedos a la boca sin pensar en los gérmenes que pudiesen entrar al cuerpo. Luego, me pareció un acto tierno, tal vez fue la forma en que las escondiste bajo la mesa, ¿recuerdas esa vez?, pasaste la mano izquierda por tus cabellos y bajaste la mirada.

Las cosas que me contabas parecían únicas, no era para menos, en todas tus historias siempre llegabas tarde o habías olvidado tus llaves en casa, mientras que yo nunca salía sobre el tiempo y cerraba una y otra vez la puerta de entrada para tener la certeza de que estaba ajustada correctamente. No sé en qué momento pasó una hora con cincuenta y cuatro minutos, solo estaba seguro de nuestro próximo encuentro.

Frecuentarnos rompía mi horario. Pasar de llenar crucigramas en el sillón frente a la radio a salir a nuestro encuentro, no fue tarea fácil. A veces, no había madera para tocar tu recibimiento, por suerte mi tic no te molestó, aunque me avergonzaba que vieras cómo golpeaba mi frente toc-toc, toc.

Cuando entraste a mi casa, tenía miedo que algo cambiara. Dijiste que olía tan limpio que hasta tus pulmones se purificaban. Sin embargo, debo pedirte perdón por las fibras en el suelo, no sé cómo llegaron allí.

¿Sabes? Me acostumbré al sonido de tus pies a media noche, tic tic tic, rompías el silencio cotidiano de la casa, esta casa vacía siempre en orden. Lamento que mi despertador sonara tan temprano y no quedarme un minuto más a tu lado, pero era el tiempo exacto para cepillar mis dientes y luego mancharlos con café, no podía hacerlo en otro momento.

Sé que no estuvo bien esa vez que te grité por la marca que dejó el vaso sobre la mesa o por las flores que trajiste a casa, los pétalos que caían provocaban que mi respiración aumentara y qué decir de la loza mal organizada. No sé si fue eso lo que hizo que te marcharas. Sabes que te quiero, aún con ese ruido que haces al comer y con los cabellos que dejas en el baño o el cepillo de dientes siempre del otro lado.

Te espero cada tarde a las cuatro, por si quieres volver. Conoces la forma de tocar la puerta.

EL GRAN VIENTO DE OCCIDENTE

Por Freddy Ariel Gutiérrez Mora

Una hermosa familia llamada los Romero, eran muy felices en una confortable casa adornada de lujos; sus hijos "Gualberto, Pedro, Felipe, Jorge y Memo" vivían cerca a sus padres disfrutando de todas las riquezas que Casimiro y Carmela, habían adquirido para satisfacer sus necesidades; fueron años de muchos esfuerzos realizando diferentes trabajos que les dieron dinero para comprar empresas, almacenes, fincas, casas, carros, formando un gran emporio; sus vecinos de siempre que también son familiares doña Mélida y doña Margarita, habían visto crecer la gran fortuna de esa familia que era tan generosa con ellos, compartiendo actividades comerciales de sus empresas y fiestas familiares de las que también eran invitados.

Transcurrió el tiempo, los niños Romero crecieron y estudiaron sin dejar a un lado los quehaceres de la casa y las empresas de sus padres, prosperando poco a poco especialmente su hermano Gualberto. Cierto día, Casimiro escucho una noticia en el pueblo que decía: *"El gran viento de Occidente se aproxima y se va a llevar a los más inteligentes de toda la región y debían prepararse por que van a un largo viaje sin retorno"*.

Casimiro llega muy asustado a la casa y comenta con su esposa e hijos, quienes se mostraron preocupados y acordaron estar pendientes de lo que pudiese suceder con ellos y sus vecinos. Carmela dice:

–Yo recuerdo que cuando era pequeña mi abuelo me decía: *"Nietecita, hace muchoooossss años llego el viento de Occidente y se llevó gran cantidad de personas adultas y niños, y otras sufrieron golpes físicos y daños en sus casas y nada se supo donde fueron a quedar. Eso fue algo trágico para todos."*

El abuelo lloraba al contarme esas historias porque, aunque no lo vivió se imaginaba el dolor por los que se marcharon y quedaron heridos.

La vida siguió su transcurrir, olvidando por momentos la gran amenaza que se aproximaba. Gualberto el hijo mayor de la familia, era un fuerte trabajador que ahorraba sus ganancias para reinvertirlas en sus empresas y lugar de trabajo, su padre Casimiro estaba orgulloso de él por ser juicioso, al estudiar y seguir al pie de la letra sus consejos. Sus otros hijos también eran muy queridos por Casimiro, todos ellos tenían su destino planeado en actividades de sus empresas.

Pero el día final llego y no dio ventaja a los esposos Romero, la naturaleza había mandado por ellos al ser los promotores de una gran sociedad familiar, agroindustrias y poder económico en toda la región, donde sus vecinos se mostraban muy conformes con esta situación, siendo un ejemplo a seguir.

Erase un día esplendoroso, con un sol radiante que inspiraba ánimo para emprender diferentes actividades, sin embargo, poco a poco el cielo se fue tornando gris, las aves volaban de un lugar a otro buscando refugio, nada se movía en el ambiente, la gente miraba el reloj como creyendo que la noche estaba próxima y en realidad eran casi las tres de la tarde; la gente se mostraba escéptica a lo que pudiera suceder, en cambio, Carmela recordaba lo que su abuelo le había comentado cuando era niña y procedió a llamar a Casimiro y sus hijos para que se resguardaran en su casa, quedándose allí hasta llegada la noche.

Entrada la media noche se escucha un fuerte ruido que ensordeció a todos los Romero, luego sintiendo que la casa se eleva por los aires, todos remolineando sin poderse agarrar de las manos, cada uno tomando rumbo diferente, era algo inesperado, se oyen gritos, vuela todo lo que hay en rededor, es un fenómeno trágico lo que se vive, los hermanos Romero caen al piso envueltos en trapos hechos trizas, dispersos entre escombros, con heridas en sus cuerpos y más aún sin esperanza alguna.

La ayuda no tardo, muchos acudieron a socorrer a todos los de la región que fueron afectados por el Gran Viento de Occidente. Los Hermanos Romero se reúnen agradeciendo a Dios por tenerlos con vida, sin embargo, Gualberto y Jorge tienen algunas laceraciones en sus cuerpos sin mayor gravedad. Memo dice que todo ha ocurrido en un instante mientras sacude su ropa con las manos quitándose el polvo, en tanto Pedro tiene los ojos aguados con cara melancólica, mira al cielo, sus labios se abren y su voz se escucha entrecortada preguntando por sus padres, inmediatamente todos sus hermanos gritan: ¡Mis Padreeees! y echan a correr en busca de ellos. Pasan las horas y días sin aparecer razón alguna de Casimiro y Carmela, las esperanzas se desvanecen, la zozobra reina en los corazones de esos hermanos que presienten lo peor. El Gran Viento de Occidente ha llegado y ha cumplido al llevarse a una pareja Inteligente que logro hacer de su familia un ejemplo al tener un gran bienestar y proporcionar empleo a muchas personas de la región. Todos recordarán a Casimiro y Carmela por toda la vida.

Se vivieron días muy tristes y los Hermanos Romero no han podido sobreponerse al duelo por la falta de sus padres, sin embargo todos se reunieron e iniciaron un inventario de sus bienes, acordando que sería Gualberto el que llevaría el mando en la organización por ser el mayor y más capacitado, pues los demás con lo que les había quedado podían iniciar una nueva vida con sus esposas e hijos que los rodean con muy buena vibra que les aportarán muy buenos beneficios, por lo que Gualberto tomo las riendas en delegación de sus hermanos tratando inmediatamente de pagar algunos créditos que se habían contraído en días anteriores.

El camino para emprender tan difícil tarea es largo y complicado, recibiendo apoyo de sus vecinos y la población en general de la región. Pero no todo es color de rosa, al principio muchos se aprestaron a brindar un apoyo a Gualberto sin saber que se tejían muchos intereses de parte de sus auxiliadores y a la larga le saldría muy caro esos gestos tan caritativos. El tener la responsabilidad de superar la crisis financiera y económica de sus empresas pone pensativo a Gualberto, piensa y repiensa como seguirá sorteando este momento, el cual debe acudir a los principios, experiencias y conocimientos adquiridos con su padre Casimiro en la administración de sus propiedades lo compromete con realizar bien su cometido, es así como habla con sus empleados y habitantes de la región, solicitando apoyo a sus planes de mejoramiento, diciendo que de aquí en adelante hay un proceso que tomará mucho tiempo.

Inmediatamente se desata un motín entre los presentes con gritos atronadores que no dejan identificar el mensaje de ira y tristeza; Gualberto un poco asustado trata de amainar los ánimos diciendo: *"Es muy grave lo que está sucediendo, mis padres han desaparecido y no se han encontrado, todos hemos perdido, hay que levantarnos de entre el polvo y los escombros, no lo puedo hacer solo, su ayuda es importante, les pido tranquilidad, todo se repondrá en su debido momento, aún estoy joven y los amo."*

Sus palabras dejaron pensativos a los presentes, sin mencionar vocablo por unos segundos, de pronto se levanta Albein con enorme sobresalto y dice: *"En realidad no creemos en sus palabras, muchos de nosotros tenemos miedo, de la capital vienen comentarios muy serios diciendo que pronto vendrá otro Gran Viento de Occidente y se llevara a Gualberto."* Esas palabras hicieron poner helado y pálido a Gualberto que sin más espera les comentó: *"Mis padres vivieron con mucho bienestar, ayudando a los habitantes de la región, cometieron un error al igual que mis abuelos y fue vivir en un lugar donde el Gran Viento de Occidente viene y arrasa con lo que hay, sucediendo esto cada 70 años, llevándose a los más inteligentes."*

Albein devela en sus ojos terror, le da miedo esas palabras, inseguridad frente a la naturaleza que pueda volver el Gran Viento de Occidente y se lo lleve a él, pues posee una inteligencia innata para realizar sus actividades. Inmediatamente Roque, Jacinto, Aníbal y Úrsula se ponen en pie y defienden la posición de Albein y deciden partir con sus familias y todos los que los siguieren hacia un lugar vecino que no presente peligro. Mientras tanto un reducido grupo representado por Milciades y Calixto se llenan de euforia poniéndose en frente de Gualberto estirándole la mano demostrándole que no se irán, siempre lo acompañaran en las buenas y en las malas y es así como Calixto habla a todo grito para que todos escuchen: *"Mi amigazo Gualberto y su familia han tenido que sufrir la inclemencia de la naturaleza, por muchos años nos han dado trabajo y bienestar, siendo hora de retribuir con creces esas actitudes, nos comprometemos a seguirlo hasta el fin del mundo porque esta es nuestra tierra, es nuestro trabajo y aquí moriremos."*

Hay una división entre la población, todos opinan ideas diferentes, es un tira y afloje, pero todo está decidido, los que se van con Albein y los que se quedan con Calixto y Milciades para acompañar a Gualberto. Lo cierto es que muchos se van a buscar nuevos rumbos para hacer su vida en tierras de doña Mélida y Margarita sus eternos vecinos, que han estado muy atentos al desenlace de esta trifulca, saliendo beneficiados por que tendrán más mano de obra para sus empresas y Gualberto obtendría una desventaja frente a sus vecinos.

Pedro, dice a sus hermanos: *"La población se ha polarizado, estamos en desventaja, el Gran Viento de Occidente nos dejó muchas necesidades además que mis padres desaparecieron para siempre. Invito a la familia y habitantes que nos acompañan para que nos unamos y hagamos grande esta bella región."*

Al principio todo parecía ser fácil, Gualberto y sus hermanos trazaron un plan para reconstruir la región junto a sus empresas y acordaron un día especial para conmemorar la desaparición de sus padres. Los ánimos estaban caldeados, a la vez un poco de desesperanza al recordar lo acaecido, pero hay que reconocer que los Romero están enamorados de su tierra, aman sus empresas y siguen allí a pesar de las tristezas y calamidades en su contra.

–¡Manos a la obra amigos! dice Gualberto, somos los que estamos, así que, a reconstruir nuestros hogares, establecer nuestras empresas. Amigos, Gracias por confiar en nosotros los Romero."

En realidad, fueron pocos los que se quedaron con los Romero, siendo una debilidad para acceder a recursos valiosos en el emprendimiento de sus nuevas vidas. Su crecimiento y desarrollo fue lento, no hubo motivación por parte de sus vecinos que al contrario se fortalecieron con las familias nuevas que se le unieron y siempre desearon despojar a los Romero y hasta usurpar lo adquirido durante muchos años. Gualberto se vio solo porque vecinos más lejanos se aprovecharon de todo, y le cortaron poder y comunicación para promover sus ideas. Duros momentos vive Gualberto, pero su ímpetu sigue alto; con el tiempo logra obtener recursos de los bancos los cuales solo le prestaron lo necesario para su subsistir dejando a un lado los lujos, vida social, bienestar y altruismo que lo había caracterizado por muchisiiiiiimos años, afortunadamente Gualberto y sus hermanos eran aún muy jóvenes, poseyendo excelente salud y años de larga vida.

El ser obstinados le valió mucho a los Romero, hubo momentos en el cual sus mismos empleados perdieron toda esperanza de continuar a su lado, unos se fueron desgranadamente, pues se desesperaron y se fueron a buscar mejor rumbo en otros lugares, cabe resaltar que donde se hayan radicado añoran lo vivido con los Romero, entendiendo que les es muy difícil volver, ya tienen hogares con hijos y ellos poseen un nuevo mundo, un nuevo terruño en el cual van creciendo sin importarles lo vivido por sus padres. Otros empleados han aguantado como dice el dicho: *"las verdes y las maduras"*, siendo muy fieles a sus principios de lealtad, donde se han compartido alegrías y tristezas por largos años. Hay momentos en que los Hermanos Romero desean abandonar todo, rematar lo poco que les queda e iniciar una nueva vida en otros lugares con familias que no los conozcan olvidando su tradicional pasado.

Los años transcurren, Gualberto tan ocupado ha tenido que conseguir gerentes para sus empresas, muchos de ellos sin experiencia en el campo empresarial y otros con bastantes años en el mundo laboral que han salido muy aventajados aliándose con los vecinos de las familias de Margarita y Mélida que en ocasiones han llevado casi a la quiebra los negocios de los Romero. Gracias a un gerente llamado Boris que logra contratar Gualberto por recomendación de un amigo, como último recurso implementa un proyecto basado en el amor a su tierra, las buenas costumbres laborales y el buen trato hacia sus semejantes, desarrollando conocimientos, habilidades, compromiso ético y progreso entre su comunidad. El trabajo se abrió vía en la región despertando envidia de parte de sus vecinos, también los que abandonaron a los Romero tiempo atrás y se fueron a otras tierras. La envidia se siente por que desprecian la tierra de los Romero, los cuales con humildad y trabajo están saliendo de una difícil situación que traen por años.

Cierto día, Gualberto y sus Hermanos se levantan muy temprano, van a una loma alta llamada los Farallones para ofrecer una oración de agradecimiento a Dios por que les ha permitido salir de las cenizas como el ave Fénix, estando unidos como familia y comunidad. Recuerdan siempre a sus padres y eso les da coraje para emprender proyectos para su tierra. Allí en los Farallones, hacen una oración diciendo Gualberto: *"Dios poderoso Gracias por tenernos aquí en los Farallones donde se puede observar toda nuestra tierra, la tierra que nuestros padres nos dejaron. Permite que el Gran Viento de Occidente no vuelva por aquí, bastante dolor ha dejado y es hora que permanezcamos unidos inmersos en la fe cristiana y el progreso. Señor Gracias por la vida y el desarrollo que le das a mi familia y pueblo"*.

Todos se abrazan y lloran, su amor familiar es muy fuerte. De pronto aparece Boris el gerente que irrumpe con gran fuerza, pues parece asustado, trae noticias no muy alentadoras, dice: *"patrones, muchos empleados han renunciado y se van a buscar otros destinos, se sienten muy desesperados por encontrar un bienestar, un estudio o una ocupación para sus hijos, mostrando su rostro muy desfigurado de la angustia."* Gualberto que es muy calmado escucha con atención, primero llama a la calma y dice: "no podemos echar atrás nuestros sueños, trabajaremos con más empeño, se logrará convertir a nuestro pueblo en el lugar de fantasías y quimeras.

Boris, sigue preocupado y pregunta: *"¿cuándo salen los créditos que oxigenaran las empresas?, hay que realizar nuevos proyectos, incluir diversas formas de mercadeo, rodearnos de todos los que viven en nuestro entorno, abanderar el mercado de lo que se produce en toda la región."* Ante lo comentado por Boris, los Hermanos Romero se miran unos a otros y ninguno se atreve a iniciar un comentario, sin embargo, Memo se aparta un poco hacia atrás, mirando el horizonte en silencio y luego en voz alta dice: *"Lo tenemos todo, las mejores tierras, gentes inteligentes, un buen nombre que todo el mundo conoce y que desean vivir aquí, ¡Animo muchachos, a luchar!"*

Todos salen muy airosos de la loma Los Farallones hacia sus viviendas, como si fueran por primera vez a la escuela a disfrutar de un evento fantasioso *¡Manos a la Obra! Gritan Todos*. Cuando llegan al pueblo van en busca de sus empresas y convocan una reunión urgente con sus empleados donde les comunican *¡No desfallezcamos, seremos invencibles, el mayor reto es triunfar y la recompensa el bienestar, bienvenidos!*, Boris y los hermanos Romero, crean proyectos que llevan a la capital donde la familia mayor obteniendo mejores recursos y fue así como se emprendió un proceso de cambio, se construyeron viviendas para los empleados, lugares recreativos, se reconstruyeron las empresas de los Romero y a la vez llegaron otras familias que se unieron al comercio y mercadeo en la región. De inmediato sus vecinos sintieron envidia y trataron de apabullar el creciente desarrollo de los Romero, a pesar que son familias ricas, no quieren que les quiten la hegemonía y control de la región. Aunque son pocos los que desean regresar al lugar de los Romero, a Jorge se le ocurre una grandiosa idea y es que se debe ofrecer un lugar próximo a las tierras de Gualberto para que así puedan regresar con confianza, dándole nuevas garantías de trabajo, salud, educación, vivienda, bienestar común y muy cerca al pasado, a su historia para que la conserven y disfruten reviviéndola en tertulias con amigos y turistas. De esta manera se emprende una campaña por todas las ciudades donde hay sobrevivientes del Gran Viento de Occidente, causando esperanza entre ellos que no han encontrado un lugar donde estar cómodos, solo han querido regresar para vivir sus últimos años compartiendo recuerdos. Todo es alegría y jubilo, siempre han añorado su tierra de vivencias.

Los hermanos Romero inician la gestión pertinente con el gobierno nacional para la compra de tierras, infraestructura y adelantar los proyectos pertinentes en la construcción de viviendas, centros educativos, y demás. Gualberto se siente muy orgulloso de estar al frente de un nuevo desarrollo industrial, generando empleo y valor agregado a los productos de la región, es toda una locura dice Felipe, muy feliz de los logros, nuestros padres estarían orgullosos de nosotros. El Gran Viento de Occidente, sigue causando incertidumbre, pero el amor a su patria chica hace que la población se una y busquen un lugar seguro para desarrollar sus actividades, sobreponiéndose a las adversidades de la naturaleza, viendo en un futuro que las mieles de la prosperidad que van llegando al igual que llegan los que algún día no confiaron en los hermanos Romero como Roque, Jacinto, Aníbal, Úrsula y Albein que se ponen a disposición de Gualberto olvidando los rencores y diferencias del pasado, porque *"No hay cuña que más apriete que la del mismo palo"*.

EL TESORO DEL JAGUAR

Por Carlos Alberto Saavedra

De nuevo estoy aquí, en la tierra del tesoro, del que muchos hablan y otros tantos buscan, hoy es un día soleado, se siente los besos de la brisa. Me acompaña un cielo azul inigualable, el canto de las aves y el ruido del agua que recorre el gran valle, en algún lugar de este hermoso paisaje se cree que está el codiciado botín.

Estuve en el pueblo los presidentes, hace poco más de un mes, indagando sobre la ubicación del tesoro, todos coinciden en que busque el rastro del jaguar, el cual recorre todos los días el territorio como si fuera el guardián de él.

Lo busqué incesantemente sin tener ningún resultado, recorrí de arriba abajo el gran valle por la rivera del cristalino río, varias veces, día a día. La semana pasada encontré sentado sobre una piedra con los pies dentro del agua, a un viejo de piel arrugada, se veía en su piel ajada, las huellas del paso de los años, me acerco y le pregunto:

–¿Usted busca el tesoro?

–¿Cuál tesoro? Me contesta.

–Del que todos hablan y además buscan, le contesté.

Se levanta y sin más palabras se alejó perdiéndose entre los matorrales. Sigo caminando, después de varios minutos, ya cansado y agobiado por los fuertes rayos del sol, veo a lo lejos una persona, poco a poco me acerco y ¡oh! Sorpresa, el mismo viejo, agachado lavando un poco de tierra en una batea de madera, tal vez igual de vieja que aquel viejo. En el fondo de esa vieja batea, se ven unas pepas de oro con su color inconfundible.

–Hola, señor.

–¿Usted de nuevo? me dice el viejo…

–Señor, ¿ha visto el jaguar?, lo busco urgentemente, me mira con una risa de burla, se levanta y se va. Ya agobiado por el incesante rayo del sol, regrese a casa, con un sin sabor por no obtener ningún resultado.

Varias veces he caminado por la ribera del río, ya casi cumplo un mes de estar buscando la huella del jaguar, la cual me llevará al anhelado tesoro. Siento que nunca voy a lograrlo, ubicar la huella del jaguar y dar con el tesoro, es más complicado de lo que pensaba, ayer en las horas de la mañana, mientras buscaba el rastro, vi a lo lejos otra vez, el mismo viejo, venia hacia mí.

–Hola, lo saludo, ¿cómo está hoy?

–¡Muy bien! me contestó. –Usted no se cansa de molestar por acá, ¿no tiene nada que hacer en su casa? me dijo.

–No, contesté, voy a seguir aquí hasta que ubique el jaguar porque este me llevara al tesoro, se ríe y me dice:

–Siempre ha estado cerca de él. ¿Y no lo ha visto?

–No, yo he caminado todo y hasta el momento no he visto la huella del jaguar, se ríe el viejo y se va.

Más tarde, después de tanto caminar, cansado y con hambre, me siento a descansar, se escuchan unos pasos que se acercan, volteo a ver, y es el viejo.

–¿Qué hace? me dice.

–Nada. Descansado un poco... contestó.

–Qué testarudo es usted, todos vienen un día y no vuelven, pero usted lleva mucho tiempo y no se cansa de molestar por acá.

Se sienta junto a mí y comienza a hablar:

–Yo ya soy un viejo, cansado, solo, he recorrido más años de los que usted se imagina por este lugar. Soy un viejo ermitaño, en el pueblo la gente se asusta cuando me ve, toma una pausa, mira al cielo y me dice: yo soy el jaguar, el gran cuidador del tesoro.

Perplejo me levanto, camino, después de una conversación de más de media hora, donde le comento que en el pueblo se habla es de félido y no de una persona, me siento nuevamente y con euforia le pregunto:

–¿Es verdad que el tesoro es una estatua del cacique que gobernó estas tierras?, el cual, cuenta la leyenda, tenía un poco más de dos metros de altura, se decía que había llegado de la tierra de los gigantes. En honor a él, los artesanos de la tribu, hicieron una estatua de oro macizo extraído de los campos de este gran valle, con ojos verdes elaborados de esmeraldas, las cuales fueron traídas de la tierra de los Muiscas, con una sonrisa que dejaba ver sus dientes hechos en plata, las plumas del penacho fueron elaborados en oro, con incrustación de esmeraldas y rubíes; su collar fue elaborado en hilos de oro con perlas, esmeraldas y algunas piedras de ágata, que se les atribuye dones para la buena suerte. Dicen además, que esta estatua fue sepultada junto al cuerpo del gran cacique quien murió después de una sangrienta batalla con tribus cercanas. También dicen que su precio es incalculable.

–¿Es verdad eso?

–No, el tesoro es algo con mucho más valor.

Se arrodilla en la ribera del río y con sus manos coge agua la cual se toma, respira profundo y dice:

–El gran tesoro es este territorio, lejos de la civilización que destruye todo a su paso: El tesoro está compuesto por sus aguas cristalinas, el valle multicolor que lo contemplo todos los días recostado en mi hamaca, la cual cuelga de un imponente árbol de samán. A la distancia se pueden distinguir los árboles de Guayacán, con su inigualable flor amarilla, el Gualanday aporta las flores lila que con su néctar endulzan mi corazón, el Cámbulo con su cálido color naranja me llenan de confianza y generosidad, a cada paso que doy mis zapatos son decorados con flores rosadas las cuales fueron arrancadas por el viento para siempre del árbol de Ocobo. Este valle es hogar de muchos animales que merecen ser respetados. El hombre por su ambición solo busca los minerales y metales que se encuentran en todas las regiones, sin importar los daños que causan a nuestra madre naturaleza, la cual tiene un precio incalculable, ese es el tesoro más grande, solo al perder este preciado tesoro nos daremos cuenta de que es la base fundamental de la vida. Ya sabe cuál es el tesoro, le suplico no lo dañe.

–No. Contesté. A lo que se levanta el viejo jaguar y se va sin más palabras.

Hoy estoy debajo del gran Samán ya convencido, que cuando el viejo jaguar ya no esté, yo seré el cuidador del más grande tesoro y lucharé por mantener a salvo este majestuoso valle hasta mi final.

¿CUÁNDO EMPEZÓ LA MENTIRA?

Por Daniel Hernando Ortiz Murillo

En el crepúsculo del año 1986, me trasladé a un barrio situado en la localidad de Barrios Unidos, en la magnífica Bogotá. Fue allí donde mi camino se cruzó con el de Marco, el benjamín de una fratría de tres. Su hermano mayor, avezado en la mecánica de aeronaves, había tomado vuelo independiente hace tiempo, mientras que Elizabeth, la hermana intermedia, era una deslumbrante mulata de esbelta estampa. Sus ojos, como luceros en la noche, desafiaban al sol con su resplandor diurno, pintando el lienzo del día con tonos miel.

Mi motivación primordial para entablar contacto con Marco descansaba en la enigmática figura de Elizabeth. Una joven de atracción magnética que, hasta ese momento, parecía ajena a mi existencia. El mejor camino hacia su esencia pasaba indudablemente por el trato con su hermano menor.

Marco y Elizabeth descendían de un par de costeños que habían abandonado su terruño en busca de un porvenir más promisorio en la urbe bogotana. Su progenitor, un hombre laborioso consagrado al servicio público, soportaba las tensiones constantes que generaba su cónyuge, Doña Juana. A pesar de casi tres décadas de matrimonio, la paz conyugal parecía ser una elusiva quimera.

Marco, el benjamín de la familia, cursaba estudios de ingeniería industrial en una prestigiosa institución universitaria de la ciudad.

"¿Cómo te ha ido en este semestre en la universidad?", inquirió su madre con un tono autoritario y riguroso.

"Muy bien, mamá", replicó Marco, con una voz que apenas ocultaba una cierta aprensión.

"Mi hijo es un prodigio", solía enorgullecerse Doña Juana cuando se refería a Marco, irradiando satisfacción y orgullo. Era innegable que tanto Marco como su esposo, Don Alberto, personificaban el ideal de perfección según la perspectiva inflexible de Doña Juana. Dotada de una personalidad fuerte y dominante, su sola presencia inspiraba temor en todos los que la rodeaban. Para ella, sus hijos y su esposo estaban destinados a encarnar la excelencia en todos los aspectos de la vida.

Una tarde, al visitar su hogar, Marco se aproximó hacia mí, sosteniendo en sus manos un ejemplar de cálculo de Luis Leithold. Los rayos del sol, tamizados por las ventanas, otorgaban a la estancia una atmósfera de serenidad y quietud.

"¿Serías tan amable de asistirme con la resolución de estos ejercicios?" —me planteó, exhibiendo los problemas relativos a las velocidades de cambio, que requerían el empleo de derivadas.

Un sobrecogimiento súbito me invadió al percatarme de que Marco estaba cursando matemáticas 2. Me había dado la impresión de que se encontraba en su séptimo u octavo semestre universitario, más sus bases en matemáticas generales evidenciaban notables carencias. Su conocimiento en la materia era limitado, y la aprehensión de conceptos básicos le resultaba ardua.

Inevitablemente, me pregunté qué había acontecido en su trayectoria. ¿Cómo había sorteado con éxito matemáticas 1?, ¿Por qué se hallaba tan rezagado en su programa académico?

Marco compartió conmigo sus vicisitudes en el ámbito matemático, manifestando que los números habían sido una lucha constante a lo largo de su vida. Siempre le habían supuesto un desafío, y la obtención de aprobados en estas asignaturas había demandado esfuerzos titánicos.

“No soy apto para las matemáticas”, confesó con un suspiro.

“Descuida”, respondí con calma, “te apoyaré en la resolución de estos ejercicios.”

Dedicamos varias horas a trabajar en los problemas, y al final, Marco logró resolverlos todos.

“Agradezco tu ayuda”, expresó con gratitud, “no sé qué habría hecho sin ti.”

“No tienes por qué preocuparte”, contesté con una sonrisa, “me complace haber podido asistirte.”

Tras la despedida, cada uno siguió su camino. Mientras retornaba a mi hogar, reflexioné acerca de Marco. Era un joven de buen corazón, y me apenaba la dificultad que enfrentaba en el ámbito de las matemáticas.

Esperaba sinceramente que lograra superar sus desafíos y alcanzar sus metas, concluí en mis pensamientos.

Después de una persistente búsqueda, finalmente logré acercarme a la encantadora Elizabeth. La competencia por captar su atención era feroz, y un enjambre de pretendientes la rodeaba como abejas en un panal. Entre ellos, sobresalía Manuel, un ingeniero mecánico que acudía a su casa casi todas las noches para entablar conversaciones con ella. Aunque Doña Juana no veía con malos ojos a Manuel, ninguno de los pretendientes parecía estar a la altura de su hija, y mucho menos yo, un simple estudiante. En una tarde en la que el sol se ocultaba en el horizonte, decidí visitar a mis amigos Marco y Elizabeth. El padre de Marco, Don Alberto, se encontraba en la sala, inmerso en la lectura del periódico.

“Te he dejado el dinero para el último semestre en la mesa de noche”, le comentó a Marco. “Ahora que es el último, ya no tengo que preocuparme por eso.”

“Es una buena noticia que estés a punto de terminar tus estudios”, le mencioné a Marco, respondiendo al comentario de su padre.

“Sí, eso espero”, asintió Marco. “Estoy ansioso por poner fin a mi vida de estudiante.”

“Marco Emilio es el más juicioso de mis hijos”, intervino Doña Juana, interrumpiendo nuestra conversación.

Marco respondió con una sonrisa tímida, y yo agregué, “Es un joven ejemplar. Me alegra que haya llegado a este punto en su carrera.”

“Gracias”, dijo Marco. “Yo también lo estoy.”

Nos despedimos y salí de la casa. Mientras caminaba de regreso a mi hogar, reflexioné sobre el futuro de Marco y Elizabeth. Aunque habían alcanzado sus metas académicas, me preguntaba si encontrarían la felicidad.

Pasó aproximadamente un año sin tener noticias de Elizabeth y Marco. Un día, los encontré en el autobús y les reproché por no haberme invitado a su graduación.

“No te he invitado porque aún no me he graduado”, me respondió Marco. “Mi tesis ha sido un proceso largo, y recién me la han aprobado. Pero para los grados de marzo del próximo año, sí será mi turno. Por cierto, en diciembre me casaré.”

“¡Qué maravillosa noticia!”, exclamé. “¿Y quién es la afortunada?”

“Me casaré con María Helena”, anunció Marco.

“No puedo creer que hayan seguido adelante”, comenté asombrado.

“Sí, ella ha sido mi única novia en toda mi vida”, reveló Marco.

"Realmente eres un hombre único, Marco", le dije con admiración. "Casi graduado como ingeniero, dedicado y fiel. No hay muchos como tú."

***

María Helena era una rubiecita desabrida, con poca gracia y extracto elevado. Así era toda su familia. Por eso, el día de la boda fue un acontecimiento grandioso. María Helena y su familia eran de modales refinados, con un estatus social elevado. A pesar de pertenecer a un estrato medio, se consideraban a sí mismos de estrato ocho, lo cual quedó patente en la ostentosa celebración de la boda. La madre de María Helena, Lucía, una mujer bondadosa que había dedicado toda su vida laboral a la enseñanza, había ahorrado diligentemente a lo largo de los años. Había logrado acumular una pequeña fortuna, la cual permanecía en el banco, esperando a que su hija María Helena la empleara sabiamente. Nadie sabía quién era el padre de María Helena, ya que Lucía nunca reveló su identidad.

"Has encontrado un verdadero tesoro en Marco", comentó Lucía a su hija. "Fue una decisión acertada casarte con él antes de su graduación. A pesar de aún no estar graduado, ya ejerce como monitor en la universidad, y es muy probable que pronto se convierta en profesor universitario. Recuerda que la novia del estudiante rara vez es la esposa del profesional", concluyó.

"Sí, mamá", respondió María Helena. "Él me ha dicho que una vez obtenga su grado, lo contratarán como profesor a tiempo completo. Estoy profundamente enamorada de él. Es un hombre juicioso, nunca bebe, siempre está dedicado a mí, trabaja toda la semana y, todos los domingos por la mañana, me acompaña al mercado. Por las tardes, vamos juntos a la iglesia a escuchar la misa", concluyó emocionada.

"Le transferiré el dinero de mis cuentas para que él lo administre. Él sabe manejarlo mejor que nadie", anunció Lucía a su hija recién casada.

"Me parece una excelente idea, mamá. Yo ya he transferido mis ahorros a su cuenta", respondió María Helena.

***

Me llené de alegría cuando me enteré de que la hermosa Elizabeth había puesto fin a su relación con su novio. Decidí esperarla cerca de su casa, en la avenida Ciudad de Quito, cuando ella bajara del autobús. En ese momento, yo acababa de salir de una relación amorosa tumultuosa y, a mis veinticinco años, estaba pensando en establecer una relación seria con la perspectiva de encontrar una buena compañera. A pesar de haber tenido varias novias después de romper con Elizabeth, nunca había logrado encontrar a alguien igual a ella.

"No es una buena idea volver", me dijo de manera contundente cuando le expresé mis sentimientos. "Aunque esté soltera ahora, en asuntos de amor, no soy partidaria de segundas oportunidades", puntualizó.

"Permíteme demostrarte que las segundas oportunidades pueden ser especiales", le respondí, despidiéndome con la esperanza encendida.

Después de insistir mucho, Elizabeth accedió a empezar de nuevo, pero las cosas ya no eran como antes.

"¿Cuándo es el grado de Marco Emilio?", le pregunté a Elizabeth.

"Ya pasó, fue el 21 de noviembre pasado", me respondió.

"¿Cómo es posible? ¿Por qué no me invitaron?", expresé mi sorpresa.

"Se graduó por ventanilla, por eso no organizamos nada", explicó mi nueva-antigua novia.

Me resultó extraño que la familia de María Helena no hubiera celebrado con ostentación, considerando su tendencia a alardear de todo lo que poseían.

"¿Y por qué no hicieron nada?", le pregunté a su hermana. "Porque él no quiso hacer nada", respondió. "La familia de María Helena insistió, pero él prefirió graduarse discretamente, sin que nadie lo acompañara, y de forma sencilla."

Continué mi relación con Elizabeth. Aunque la magia de antes se había desvanecido, ambos sabíamos que éramos buenos el uno para el otro. Habíamos conocido a otras personas, pero ninguna de ellas había tenido las características especiales de nuestra antigua pareja. Por eso, seguimos adelante juntos.

Elizabeth obtuvo su grado y al año siguiente obtuve el mío. "¿Cómo le va a Marco?", le pregunté a Elizabeth.

"Muy bien, sigue siendo docente en la misma universidad donde trabaja de lunes a viernes. Todos los sábados, sin falta, va al supermercado con María Helena en las mañanas y en las noches a la iglesia . Los domingos llevan a la niña y a Lucia de paseo a un pueblo cercano a la capital", me informó.

"Lucía debe pensar muy bien de él", comenté.

"Sí, dice que no podría haber conseguido un mejor yerno para su hija. Tan juicioso, tan responsable, tan trabajador. Dedicado a su esposa e hija. Nunca bebe, nunca sale de fiesta con amigos. Un verdadero modelo", concluyó Elizabeth.

Todo parecía perfecto en la vida de Marco, hasta que un domingo, durante un paseo por los llanos orientales, cerca de la ciudad de Acacias (Meta), su vida dio un giro inesperado. Sin previo aviso, Marco giró el volante del nuevo Mazda 626, prestado por el exigente primo de María Helena a su prima, ya que el vehículo de Marco estaba en el taller. Por poco sufren un accidente grave, pero afortunadamente no resultaron heridos de gravedad. Sin embargo, el automóvil quedó destrozado.

"¿Qué te pasó, cariño?", le preguntó María Helena.

"No lo sé, me distraje un poco", respondió Marco.

"Casi nos matas, amor. ¿En qué estabas pensando?", expresó María Helena preocupada.

"Es que estoy un poco inquieto por unos problemas", admitió Marco.

"¿Qué problemas? Nuestra vida es perfecta", aseguró María Helena.

"La verdad es que hay algo importante que no te he dicho", reveló Marco.

"Bueno, cuéntamelo más tarde, amor. Voy a llamar a mi primo Peter para que se comunique con la empresa de seguros y envíen una grúa y un vehículo de rescate para recogernos", anunció María Helena.

"Prima, el seguro se venció el viernes de la semana pasada y no lo he renovado", informó Peter.

"Has escuchado las malas noticias", dijo María Helena.

"Sí, ahora mi preocupación es aún mayor", respondió Marco.

****

De regreso en la capital, la preocupación de Marco se intensificó.

"No debes preocuparte tanto por el accidente, Marco. Aunque tengamos que pagar el vehículo de Peter, ya que no tenía seguro, tenemos suficiente dinero en el banco para comprar diez vehículos nuevos como ese. Los accidentes a veces suceden. Son cosas que le ocurren a la gente. Recuperaremos ese dinero pronto", trató de tranquilizarlo María Helena.

"De eso quería hablarte, María Helena, es algo muy grave, no sé si me vas a perdonar", expresó Marco con angustia. "Tranquilo, amor, nada puede ser tan grave. Estamos bien. Tenemos buena salud, tú tienes un buen trabajo, eres un gran docente universitario. No hay nada que no podamos superar", afirmó María Helena.

"Justamente de eso quiero hablar, María Helena, si no lo digo ahora, siento que voy a estallar", continuó Marco.

"¿De qué estás hablando, Marco?" preguntó María Helena, comenzando a sentirse asustada. "¿Qué es lo que es mentira?"

"¡Todo! Yo soy una mentira, mi vida es una mentira. Te he engañado a ti y a todos. ¿Te volviste loco o me estás haciendo una broma de mal gusto?", respondió María Helena con desesperación.

"No entiendo, Marco Emilio, me estás asustando. ¿Qué estás diciendo?"

"¡Que nada de lo que te he dicho es cierto! No puedo pagarle el vehículo a Peter porque no tengo un peso en el banco", confesó Marco.

"¿Cómo es posible?, ¿Y el dinero de mi madre y el dinero que te di?, ¿Dónde está?, ¿Dónde están los ahorros de mi madre?, ¿Y los míos?"

"No hemos ahorrado nada durante todos estos años. Tus ahorros y los de tu madre ya nos los comimos. Recuerda que vamos al supermercado cada ocho días, que pagamos servicios públicos todos los meses, que el apartamento necesita mantenimiento, que debemos pagar cuotas de administración, que debemos poner gasolina en el automóvil, pagar el colegio de la niña, el vestuario..."

"¡No digas más, Marco! Para eso tienes un salario."

"¡No tengo ningún salario!"

"¿Entonces, en la universidad te pagan con chistes?"

"No soy docente universitario, nunca me gradué de ingeniero, ni siquiera llegué a la mitad de la carrera. Me expulsaron de la universidad porque reprobé tres veces la asignatura de matemáticas 2."

"¿Entonces, qué has estado haciendo todo este tiempo cuando supuestamente ibas a trabajar?"

"Iba a la biblioteca Virgilio Barco a leer y luego me iba al parque."

María Helena, después de una pausa en la que intentaba procesar sus pensamientos, gruñó: "Esto es una broma de mal gusto, ¿verdad, Marco Emilio?"

"No es ninguna broma. Esta mentira ha atormentado mi vida durante mucho tiempo, y si no revelaba mi verdad, como dije, iba a estallar. Ya no me importa cuáles sean las consecuencias. Le mentí a mis padres cuando les dije que me iba bien en la universidad, cuando la verdad era que me habían expulsado por bajo rendimiento. Mi padre me daba dinero para la matrícula cada semestre, y yo lo gastaba en ropa. Te mentí a ti cuando te dije que me había graduado. Sabía que si descubrías que no era un profesional, nunca te habrías casado conmigo. Le mentí a Lucía cuando gasté el dinero en los gastos de la casa. Como te dije, mi vida ha sido una mentira, y ya no puedo soportarlo más."

"Es mejor que te vayas ahora, aléjate de mí vista. Necesito pensar", gruñó María Helena con frustración.

***

Esa noche, Marco durmió bajo un árbol en un pequeño bosque dentro del conjunto de apartamentos, en donde se encontraba el apartamento que María Helena había heredado de su madre y donde habían vivido juntos hasta entonces. Se cubrió con una manta que María Helena le permitió llevar de su casa. Al día siguiente, le pidió al celador, Luis, que guardara la manta y caminó unos cinco kilómetros hasta el parque donde solía ir cuando decía que iba a trabajar.

En la noche, regresó al conjunto residencial, solicitó la manta a Luis y se acomodó debajo del mismo árbol. No había probado bocado en todo el día anterior. Llovió durante toda la noche, y la manta empapada no proporcionaba ningún abrigo a Marco. Esa noche sufrió hipotermia. Al día siguiente, María Helena lo buscó. Le ofreció algo de comida y le permitió entrar al apartamento para asearse y cambiar de ropa.

"Te espero pasado mañana para que vayamos a la notaría a firmar los papeles del divorcio. Entenderás que me casé con una persona diferente a la que creía que eras", le comunicó María Helena.

"Lo entiendo perfectamente", respondió Marco.

Esa noche, Marco buscó a su hermana Elizabeth.

"Aquí te puedes quedar el tiempo que quieras", le dijo Elizabeth al escuchar su triste historia. "Creo que mi esposo va a entender tu situación."

"Ahora, ¿qué voy a hacer? A mis cuarenta y cinco años, nunca he trabajado y no sé hacer nada", lamentó Marco.

"Ya encontrarás algo que hacer", consoló Elizabeth.

A la semana siguiente, Marco puso su firma en la escritura de divorcio. El rostro de María Helena reflejaba una mezcla de enojo y satisfacción por finalmente liberarse del impostor.

Entrada la noche, regresó a la casa de su hermana.

"Ya encontré trabajo, Elizabeth. Mañana mismo viajo", anunció.

"Qué bueno", respondió la hermana. "¿De qué se trata este empleo tan repentino?"

"Te lo explicaré después. Por ahora, solo puedo decirte que debo viajar mañana", le dijo a su hermana.

El día siguiente amaneció con fuertes lluvias. Marco tomó un autobús hacia el barrio Veinte de Julio, al sur de la capital, con el dinero que su hermana le había proporcionado.

El día continuaba lluvioso y brumoso. Se internó en el bosque siguiendo un sendero que conducía al Cerro del Cable. Una vez en la cima del cerro, miró hacia el abismo. La densa niebla no le permitía ver el fondo. Respiró profundamente y consideró lanzarse al precipicio. Pasaron unos diez minutos y Marco continuaba al borde del abismo, luego giró 180 grados, dio marcha atrás y se perdió entre la niebla. Nadie volvió a saber de Marco Emilio.

HELICÓPTEROS DISPARANDO DULCES DE MASMELOS

Por Valentina Navarro Culma

Eran las 9 de la mañana, día 10 de marzo del 2003, el cielo estaba opaco, entre gris y blanco, no se podía definir si estaba anocheciendo o amaneciendo, no había muestras de que el sol fuera asomar con sus destellos dorados, a calentar la tierra cristalizada y húmeda por el frío pueblo de Santa Elena, paraíso perdido del Tolima.

Todos corrían de un lugar a otro, nadie comprendía lo que estaba pasando, todos salían de sus casas al parque principal para interrogar sobre lo que estaba sucediendo, sin embargo, el ejército, comandado por un Capitán llamado Salomón trataba de controlar la situación, indicándoles a los habitantes que se volvieran a sus casas, pero todos tenían temor, se les veía en sus rostros miedo, angustia, estaban más pálidos de lo que eran sus rostros, temblaban del susto, los niños se aferraban fuertemente a los brazos de las mamás y los hombres caminaban de lugar a otro sin saber a donde ir.

En esos instantes de preocupación el cura Omar Contreras, quien ya llevaba bastante tiempo ejerciendo como sacerdote de la comunidad, oriundo de un municipio del norte del Tolima, se tomo la vocería, para hacer entrar a la gente a sus casas, pero la comunidad lo retaba porque él era un sacerdote demasiado exigente, los domingos en misa de las 7 de la noche mandaba apagar la música de las discotecas, pues no le gustaba que interrumpiera la homilía.

Un día se salió de la misa con su sotana blanca exigiendo apagar la música, la gente del pueblo se le burlaba y más volumen le subía al equipo lo hacían solo para hacerle dar rabia sacerdote.

A pesar de ello, la comunidad ese día siguió las indicaciones, caminaban cabizbajos, apenados, sentían vergüenza de mirar la cara del cura. a pesar de ello, hubo un grupo de personas que se fueron a sus casas, pero no entraron en ellas, se quedaron en el corredor observando el panorama.

En el cielo grisáceo, apareció un nubarrón de líneas negras largas apuntando directamente a un monte, había tres helicópteros disparando ferozmente, uno por la parte superior, otro por la parte inferior y el otro por la parte central del monte, en la parte inferior lado izquierdo del monte había unas pequeñas fincas izando banderas blancas que se podían visualizar desde aquel corredor del pueblo, donde estaban sentadas las personas quienes eran profesores del Colegio Manuel Elkin Patarroyo, extranjeros de aquellas tierras, tristes y olvidadas por el estado, cada uno de ellos con un mundo diferente, con historias tristes y alegres por contar, que se fueron asentando en este lugar, impulsados por el amor al trabajo de docente, ajenos a los conflictos internos del país, pero que en ese día, ellos y la comunidad estaban siendo afectados por esta crítica situación. Horrorizados comentaban que más abajo de la última finca, veían un hombre vestido de verde oliva, corriendo montaña abajo, efectivamente era alguien que estaba huyendo de los disparos de los helicópteros, en ese momento sentada en aquel corredor mientras sonaban las ráfagas de disparos sobre en aquel monte, mis pensamientos me llevaron a casa, imaginándome a mi papá escuchando música de Antonio Aguilar, sentado en la silla blanca preferida por él, sus manos tendidas sobre la mesa haciendo alguna prótesis dental para un cliente sin ningún diente, mi hermana Francisca con su panza aún inflamada después de haber tenido un parto seco, a Kal mimando a la nueva integrante de la familia, y yo saboreando y olfateando el arroz con leche, hecho por mamá, que duro por muchos días en la olla presión porque nadie se lo quería comer, porque veíamos en él, el recuerdo y el reflejo de nuestra mamá.

Hubiera querido pensar que lo que mis ojos estaban viendo fueran una llana y simple ilusión, que los helicópteros en vez de estar disparando bombas, misiles, con sus ametralladoras, dispararan masmelos, poder ir allí y recoger todos los que fueran posibles para luego hacer una fogata con mi hermana Kal y comer masmelos asados sobre chucitos de palos secos de árbol de tomate, por ende escuchar historias de la entaconada que según mi papá, es una mujer bajita, que tiene un vestido largo blanco de cabello liso y corto al cuello, que tiene tacones altos, que viene del colegio y pasa por el corredor de nuestra casa, haciendo sonar descaradamente los tacones.

El bombardeo al monte duro todo el día, finalmente la gente salía y entraba de sus casas, se acostumbraron a escuchar estas ráfagas de fuego, que disparaban los helicópteros, desde aquel día el pueblo no volvió a ser igual, ni yo tampoco lo fui, entendí que la guerra, que los conflictos internos del país nos afectan mucho, ya sea en la niñez, adolescencia, adultez o vejez, que se debe continuar y dejar a atrás aquellas vivencias tristes y difíciles para poder forjar un mejor futuro.

*En memoria a mis papás, mis hermanas y a las víctimas del conflicto interno de Colombia.

LAS ÚLTIMAS FLORES

Por Lunita Wilches

Cada mañana, cuando el rocío saludaba al sol, se ocupaba de usar su buena memoria fijándose sobre todo en los detalles, recordando por donde ir, por donde pasar para poder encontrarlas.

Por supuesto, no siempre fue así, hubo un tiempo mejor en el que buscar refugio al caer la tarde era lo más preocupante, sin embargo, al día siguiente, tal era el afán del astro por vestir de amarillo la oscuridad, que sus brazos de luz tibiaban suavemente el ambiente, ofreciendo un cálido despertar para los que fueran sus ancestros, descubriendo ante sus ojos la ubicación exacta, como trazándoles una ruta o un mapa, solo debían seguir la perfecta gama de infinitos colores y formas tubulares que se asomaban, era cuestión de escoger; en aquel entonces no se luchaba por ellas ni por el territorio, eran tantas, tan variadas, es más, parecían haber estado plantadas ahí desde toda una vida, ninguno sabía cuándo ni cómo habían nacido o a quien podía dársele las gracias por haber sembrado tan proliferas semillas de las que brotaban alegres, vistosos y elegantes pétalos, esperando la visita de estos pequeños enamorados.

Pero esta vez, se traba de otros años, no era su caso, a lo mejor tampoco su momento. La ciudad se había transformado con cada luna llena, cambiando el verde por extensas murallas de concreto en las que, estrellarse, debilitarse, perderse o morir atrapada en las garras de un gato, era un destino que parecía inevitable.

A los humanos les gustaban las mascotas. Fruto de su observación diaria, se dio cuenta que preferían sentirse acompañados que pasar sus días en soledad, sonreían con las dosis de cariño extra que recibían de estos animales, empero, su presencia peluda o al asecho sí que lograba inquietarla, muchas veces hasta perturbar su tranquilidad, más aún cuando tenía que reposar improvisadamente antes de seguir el vuelo, era vital para continuar.

En su listado de riesgos estaban los perros aunque en menor medida, según su propia experiencia no solían atacarla, a ellos solo les causaba curiosidad el zunzún de sus alas, es más, no se esforzaban siquiera por alcanzarla, pero el panorama era muy distinto con los gatos, sobre todo con aquellos que andaban libremente entre el concreto, sin dueños y sin límites, su mejor aliado era su posición de alerta siempre, debía estar lista, en guardia, por más que hubiera aprendido a esquivarlos magistralmente, debía permanecer vigilante aún con sus alas en total reposo. Una tarea que le había llevado tiempo, mucha observación y uno que otro susto, pero dadas las condiciones, había sido la mejor forma de entrenarse.

Fue así como desde muy joven entendió que su supervivencia no dependía del alto de su vuelo sino de su habilidad para aprender de los errores por que cada uno demandaba una nueva estrategia en medio de la adversidad, como cuando cayó esa tarde repentinamente del nido de su madre. No hubo tiempo para despedidas, era Adi contra el concreto y, un par de segundos después, contra el primer gato que vería en su corta vida; como era natural, en silencio la asechó, avanzando lentamente en un intento por capturarla, así que, tuvo que obligarse a batir torpemente su plumaje hasta levantar su cuerpo, con la sorpresa de poder moverse en todas las direcciones, tal y como su madre lo hacía día atrás, quizás fue el mayor de sus logros pero, en ese momento no había a quien mostrarle o con quien celebrar, Adi estaba allí sola, sin más ayuda que sus ganas de vivir y unas garras acercándose.

Desde esa tarde, todo en ella y para ella había cambiado, la soledad de su existencia junto con la libertad de ir a donde quería volaron a su ritmo como una experiencia reveladora, llevando sobre sus alas muchas más responsabilidades de las que había imaginado antes.

A sus nuevas aventuras e interminables batallas con los de su misma especie, se le sumaron los conflictos propios de la temporada de conquista, amor y desamor, más la ardua labor de ser madre sin perecer en el intento dadas las cambiantes condiciones que se vivían entre las murallas de concreto, apenas bordeadas por algunos árboles de frondosa cabellera que solían prestarle sus ramas para tomar impulso.

Pronto, se le dio muy fácil el tejido, sin tutores ni guías, su largo pico sabía exactamente qué y cómo hacer para unir tan finamente los trozos de las hojas, ramas, musgos y telarañas que había conseguido durante días. Lo llevaba en la sangre, así que su primer nido estuvo listo en el momento indicado. Pasaron unas semanas y cuando la larga espera terminó, los cuidados maternales también valieron la pena, fue como si el tiempo se hubiera detenido para que Adi completara su labor de principio a fin, entregándole al cielo un desfile de colores cada vez que ambos alzaban sus plumajes, un espectáculo multicolor que estuvo dispuesta a cuidar desde siempre pero no por siempre, solo hasta que tuvo que permitirse perderles de vista, no regresarían jamás a su lado y así estaba bien. Era la ley de la vida y la naturaleza, en un vuelo sin retorno donde no hay regreso atrás.

Para cuando sus crías partieron, el agradable clima también lo hizo, saludar al sol se volvió imposible. Por más alto que volaba, persistía una sombría, pretenciosa y espesa niebla que no daba tregua sobre la ciudad, arropándola de día y de noche, lo que empezó a agotar de manera pausada su energía, necesitando cada vez más reposos que vuelos largos, cambiando los juegos en el aire por el peso de las gotas que le caían encima, muchas veces sin parar. Sus ocupaciones de madre no le permitieron notar que hubo tantos cambios alrededor, tampoco percibió el tiempo que había transcurrido entre los cuidados de unos días sin descanso, así que, su agitado cuerpo se estremeció con un cansancio que no había experimentado antes, uno que empezó a exigirle ahorrar al máximo sus fuerzas o en cuestión de días, significaría que su energía llegaría a su final, de hecho, entre el letargo de la noche y los extenuantes vuelos matutinos por conseguir flores, administrar su baja energía se volvió prioridad.

Una fría mañana de agosto entre las ramas, simplemente no podía más. Totalmente agotada, sin más fuerzas que sus pensamientos, se debatía ensimismada sobre cómo resistir hasta la noche, en el peor de los casos algunas horas. Recordó entonces una lavanda florecida de la que se alimentó en un balcón gracias a unos nuevos huéspedes, la había descubierto durante sus largos recorridos de interés maternal, pero, volar hasta allá, podría significarle su salvación o, por el contrario, su final. Sin más remedio, su apresurado pero único plan era simple; una vez lograda la ubicación de la terraza en la parte más alta del edificio, reposaría unos segundos para luego dejarse caer en picada por la muralla de concreto, un recorrido bajando por unos cuantos pisos hasta encontrar el balcón con la matera de lavanda, la misma que le daría la fuerza de su néctar para continuar o resistir la jornada. De esta manera, se ahorraría la energía perdida en el vuelo de búsqueda del edificio, además de encontrar el anhelado néctar, lo suficiente para recobrar el aliento y buscar refugio cerca, la última vez que estuvo allí había un pequeño rosal junto al lirio de paz, pero el violeta de la lavanda era inconfundible, un privilegio que solo el buen observador puede darse.

Con mucho esfuerzo, logró atravesar las nubes estancadas sobre el parque, cruzó con mucha prisa la avenida principal, el centro comercial, en una persecución de gotas que caían entre sus ojos; su vista borrosa, alas forzosamente opacas y patas entumecidas, sin embargo, la llevaron como anhelaba hasta encontrar por fin la parte más alta del edificio, una ruta perfecta trazada en su mente como parte de su esperanzador plan. Inmediatamente, se ubicó en la parte destapada de la terraza cuidando como siempre su espalda, para poner en marcha la segunda parte de su arriesgada estrategia; reposaría durante un poco para que recuperarse del viaje, atenta al gato manchado que solía dormir recostado sobre ese muro y así, según lo previsto, bajar en picada, como en los mejores días, los más veloces, los de las aventuras, los de conocer la ciudad hasta caer la noche, pero esta vez, dejándose ayudar y llevar por la fuerza del viento, no serían sus propias fuerzas que además no eran suficientes, por primera vez, debía soltárselas al viento, debía abandonarse a sí misma por un momento, no se trataba de un vuelo perfecto, no había que luchar ni dominar el aire, no había que luchar ni perseguir, solo se trataba de soltarse, todas las lecciones, días y noches de comprensión de su mundo resumidas en esa corta palabra para encontrar tal vez la lavanda en el camino, eso sí, antes que la lluvia arruinara por completo la travesía o un inesperado merodeador apareciera.

Justo antes de permitirse caer, la neblina se hizo más espesa, así que el gato no atestiguaría sobre lo que estaría a punto de suceder; se escucharon truenos tal y como lo habían anunciado por la televisión, los pronósticos de lluvias acentuaban sin más reparo las condiciones perfectas para el inicio de las tormentas eléctricas en la ciudad y ahí estaba Adi, decidida a lograr su objetivo que demandaba la sincronía perfecta entre el viento y sus alas recogidas unos cuantos pisos abajo. - ¿Qué podía fallar? – pensaba, mientras al frente observaba la ciudad por un instante vestida durante el último mes entre el gris y el blanco, un ambiente tal vez bohemio para muchos luego de las temporadas de calor abrazadoras, pero para Adi lleno de nostalgia y adrenalina.

Mientras bajaba, su encuentro con el viento fue lento y confuso; con su vista borrosa no logró reconocer los objetos que pasaba entre la neblina, con la imposibilidad de moverse libremente para evitar un error que, podía ser fatal. Continuó con el plan, aunque, tuvo una fuerte sensación de que algo andaba mal, la distancia hacia el balcón no parecía ser la misma, algo había cambiado, tal vez no era tan abajo o un poco más arriba, no había tiempo para más cálculos, ¿dónde estaba el violeta brillante? - intentaba responderse sin lograrlo. La lavanda florecida había desaparecido por completo ante sus ojos debilitados sin poder hacer nada, sin entender nada. Solo entonces, mientras su escasa energía seguía agotándose, expandió la iridiscencia de sus alas verdes y acaneladas plumas en la cola, en un último intento por planear, dejándose llevar una vez más por el viento que resignado le ayudaba a marcarle otro rumbo, uno donde no habría más néctar para beber ni más flores que encontrar, esas parecían haber sido las últimas flores que quedaban en las interminables murallas de concreto que formaba el edificio, finalmente, todos eran iguales, columna tras columna, lugares adaptados donde ya no se siembra, donde no importa si llueve o hace calor afuera de las paredes, adentro, las personas simplemente un día llegan y al otro se van, van y vienen, se llevan también sus flores si es que deciden tener unas, para nadie es un secreto que para mantener un jardín, si quiera una planta se debe aprender a cuidar, proteger y regar para que no se marchiten, es una medida precisa de agua, abono y amor que solo se aprende con el tiempo y la constancia, aún el más experimentado a veces sucumbe cuando llega una plaga, pero hay de aquel que persiste, hay glorias silenciosas capaces de alcanzar hasta el vuelo de un pájaro, glorias que no están pensadas para uno solo sino que impactan en todos, como hay quienes prefieren lo que creen seguro allá adentro, sin arriesgarse siquiera a tener algo que regar, que cuidar aún a horas no planeadas, les resulta mejor estar adentro para que lo improvisto no los sorprenda, que pase lo obvio.

Cuentan que Adi siguió con su osado pero sencillo plan dejándose ayudar por el viento e incluso, le ganó la carrera a la lluvia. Bajando sin prisa con sus alas extendidas, dejó caerse suavemente sobre un pequeño césped recién podado y así, sin pretensiones, fue adornando la tierra con sus plumas multicolor, las mismas en donde por millones de años, se tallaron cuidadosamente los secretos y la magia de estos pequeños corazones como el suyo, capaces de latir más de mil veces por minuto o volar hacia atrás con total destreza, llevando además, el polen de la vida a cuestas, sin importarle si se trataba o no de las ultimas flores posibles entre las largas e interminables columnas de concreto.

En su mapa de la vida, ellas estarían por siempre como el mejor de los recuerdos, coloridas, elegantes y vistosas como cuando todo comenzó, como se lo habían contado cuando el verde superaba el gris y la noche recogía buenas noticias del amanecer, más no como antes que se escribiera esta historia muy cerca del zunzún de un colibrí, que apresurado llegó buscando néctar, pero no logró encontrar flores ni jardín.

DELICIAS EN EL JARDÍN

Por Paula Hartmann

Agradecimientos visuales al maestro
Jeroen Anthoniszoon van Aeken

El paraíso. En el paisaje de mi mente, tan tranquilo, burbujean montañas y lomas de azules y verdes mágicos, los animales que allí se posan con la elegancia de los diamantes me acompañan y en el horizonte el lago se menea insinuante a través del camino boscoso que decora mi inocencia. En la orilla de aquella masa aterciopelada y acuática veo una hermosa roca y sobre ella reposa una graciosa rana que en medio de un trance rítmico decora el ambiente con un susurrante riff, y allí, disfrutando los placeres de la calma, veo en el firmamento un ave fantástica, que de repente como un puñado de afanes se precipita ante mi mirada y con la rapidez de un rayo usurpa de su vida y de un sólo zarpazo el croar de aquella pobre anfibia. No es que me preocupe las cuestiones de la muerte, no, sin embargo algo me inquieta y medito.

El jardín. Abro los ojos, el paisaje parece diferente. Un centenar de bichos eléctricos atacan mis manos en desesperados y concupiscentes intentos, no me resisto, los arbustos se tornan rojos, llenos de frutos jugosos, el lago empieza a subir su nivel como queriendo alcanzar el cielo, y yo, un alambique que destila todos los deseos, que decanta todas las caricias y que con un narcisismo voluptuoso se apodera irremediablemente de los actos y me conduce pulposo. Todo parece estar tan caliente, el positivismo es un juguete de la irracionalidad en la que me sumerjo, los ojos ya no parecen fijos, están desorbitados y buscan esa que soy. Venus acompáñame en este viaje, llena mis entrañas de motivos y disculpas porque el recato me abandona, Venus, tú que conoces estos senderos no dejes que pierda el horizonte porque ahora soy el laberinto de mis jadeos y solo ellos pueden dar cuenta de mí.

El infierno. Soy un arpa que completa todas las sinfonías, el cuerpo es un temblor, el olor de los pájaros, el lago se desborda y soy muchos ríos que corren con fuerza, que devastan, que demuelen, que inundan. Soy un clarinete que se interpreta a sí mismo, que recorre las notas y las vuelve demonios que no dejan la barca que me va llevando, y voy llegando y no sé dónde voy retorciéndome, y el agua hierve y el demonio descompone todo, y las cuchillas y la sangre que también hierve, y el flash de mis ojos cerrados que se aprietan junto con todos mis músculos que no son dueños de ningún movimiento y mis entrañas color flúor, no le temo a nada y me condeno todas las veces, soy culpable.

Y llegó.

EL AMOR DESDE LOS OJOS DEL SECUESTRO

Por Yuramy Llanos Casares

Nací en el año 1947, me llamo Ceci, mis ojos son negros están rodeados por una azul inmenso que daba vida a mi mirada, una mirada llena de amor, amor que me sostuvo viva en un mundo llenos de violencia, crecí Colombia, en la cordillera central de un municipio construido en el filo de una montaña y rodeada de un bosque espeso, con un suelo estampado de sangre de mis ancestros llamado Anzoátegui, junto a mí estaba mi familia donde se convivía con una madre conservadora y un padre liberal.

Tengo 16 años y mi hermana Sara tiene 21 años, la secuestraron, no sabes quién, mi padre dice que son los conservadores ,obligando a que él se entregue para que lo asesinen, mi madre dice que sus compañeros de partido no pueden ser los autores de este hecho, yo no sé quién pudo ser, solo sé que mi hermana le tiene miedo a la oscuridad, debe sentirse desprotegida sin su cobija preferida, la que tejió nuestra abuela Natagaima, mis padres llamaron a la policía para que empiece la investigación, estamos esperando que llegue el agente nuevo dicen que es un hombre de ojos verdes y que sus ojos son tan poderoso que traspasa los objetos, los árboles y, puede saber que está pensando una persona, son las 3 de la tarde mi hermana lleva secuestrada 12 horas, la cobija ya empezó a buscarla, rodea toda la casa se dobla y vuelve a la esquina de su cama, alcanzo a escuchar como llora, prepare café para todos con poca azúcar para no alterar nuestro sistema nervioso, nos sentamos en las tablas del patio debajo del caracolí, este árbol lo sembró mi tatarabuelo Bernardo por parte de mi padre, él fue un hombre muy creyente en las energías de la tierra, cuando se sentía triste abrazaba el caracolí y así enseño a sus generaciones, yo recordé la paz que me daba abrazarlo, me pare deje el café servido en la tabla, abrace tan fuerte el árbol, le rogué que nos ayudara a encontrar a mi hermana, estaba ahí cuando sentí un calor que recorrió toda mi ser, escuche su voz, una voz gruesa con una ternura que bailo en mis entrañas, me sentí dichosa de escucharlo, el agente había llegado y con él la esperanza de encontrar a mi hermana, rápidamente fui por una café y me hice a su lado, el agente Epi tenía los ojos más hermosos de esta cordillera, eran fijos, penetrantes, pequeños pero tenían una grandeza, confieso que por un momento olvide el secuestro de Sara, mientras él hablaba sonrió y, esos dientes eran tan blancos como los cabellos de mi abuelo, su risa tan transparente como el alma de mi hermano Floro, a quien amo mucho.

El agente Epi nos dijo que antes de llegar a la finca estuvo investigando si algún partido la tenía secuestrada, habló con los comandantes, no se responsabilizaron, entonces se descartó por completo que fueran ellos, el aseguro que decían la verdad. El agente empezó a interrogarnos por las ultimas horas de Sara en casa, todo está normal ella no había cambiado su rutina seguía asistiendo a sus ensayos de danza para el concurso de belleza de Anzoátegui, el resto del tiempo estaba cociendo los trajes de todas las participantes, es la mejor modista de la región.

Llego la hora del almuerzo, la cocinera nos lo trajo, Epi alzo su mirada y ella asombrada no pronuncio palabra, Epi llamo a mi padre y le dijo: "*la cocinera los traiciono, ella saco a Sara de la casa y se la entrego a un hombre*", rápidamente corrimos, pero ya se había ido, la impotencia nos arrebató la esperanza de encontrar a mi hermana. Epi dijo que se uniría con otros policías para iniciar la búsqueda en los alrededores, yo pedí ir con ellos para ayudar a buscarla, pero mis padres no quisieron ponerme en peligro.

Esa noche hacia mucho frío, mi corazón se congelaba de dolor, no había como comunicarnos, las señales de humo esa noche no servirían, había mucha niebla y el telegrama dura días para llegar, cogí la cobija de mi hermana, un termo con café, la lámpara de aceite y me marche en silencio, llegue al bosque me dio miedo porque ahí habitaba un ser misterioso, era un toro llamado Palomo, un toro con ojos de fuego, cuernos de plata, y un voraz apetito por los humanos, cuando abría su boca salían rayos, ya había matado a doña Ruca que fue en busca de su esposo, nunca lo encontró.

La cobija que fue tejida por mi abuela Natagaima guardaba una relación estrecha con mi hermana, la abuela se la tejió en agradecimiento por cuidarla en su vejez y tenía la promesa de siempre cuidar de ella, la desdoble, me recosté en un árbol cansada de caminar, me acobije y me dormí, empecé a soñar con una cabaña en medio del bosque, tenía algo muy llamativo, un pájaro cardenal que se posaba en la chimenea de esta, me desperté enseguida, sabía que el cardenal representaba el concurso de belleza que se realizaría en el mes de septiembre, donde Sara era una aspirante a la corona, sabía que mi abuela me estaba hablando, destape el termo serví café, los hilos empezaron a tejer la historia, la cocinera era prima de Marcos el padre de Mercedes, me levante, cogí por el camino que conduce a la cabaña, empecé a sentir los cascos de Palomo, el corazón lo sentía en mi cabeza, sentí felicidad cuando llegaron mis padres con mi perra Gardiana, me obligaron a volver a la finca. Epi regreso dos días después, escuche un ejército que venía hacia donde yo estaba, no sentí miedo, era el mismo hombre que me cautivo con esa sonrisa celestial en medio de una tragedia, apenas llego yo le conté el sueño, él me dijo: "*ubicamos la mujer, pero fue muy tarde su corazón se rompió*", ¡rompió! no entiendo. "*Está muerta acabo con su vida*", la cocinera estaba enferma, tuvo su hijo que murió a los 45dias, su primo hermano Marcos le prometió que si sacaba a Sara de la casa, él haría un ritual a los dioses para que le devolvieran a su hijo, él sabía que ella estaba enferma de tristeza y creería todo lo que le dijera con tal de sentir de nuevo a su hijo y que desaparezca el dolor de su corazón. Eso fue lo que alcanzo a leer Epi en su cerebro en los dos minutos después de su muerte, ¿Dónde está Sara? mi mente se sumergió en una nube llena de oscuridad, sentí mucha pena por la muerte de la cocinera y rabia con Marcos, él no era un chamán, el único chamán de Anzoátegui era don Pepe, él con su tabaco y aguardiente invocaba a los ancestros, él siempre ha estado enamorado de Sara, nos puede servir de ayuda, les dije a mis padres, Epi opino que sería muy buena idea, Lombanio se ofreció a buscar al chamán, todo quedo organizado para vernos a la 5 am del otro día, me fui a mi pieza, sacudí mis pies, no me gustaba subir tierra a la cama, mis sabanas eran blancas, tan blancas como los cabellos del abuelo y los dientes del hombre que tenía la mejor sonrisa, saque la cobija de mi hermana la puse de almohada, volví a soñar con mi abuela Natagaima esta vez me mostró un lugar muy lejos un municipio después del bosque llamado Totarito, ahí estaba mi hermana en una choza cubierta por árboles para no ser detectada, su guardiana era la hija de Marcos quien la había secuestrado por miedo a su belleza, mañana Epi y Pepe estarán a las 5 am entregue esta cobija ya saben qué hacer, me desperté ahogada con la cobija, seguí durmiendo hasta que los gallos me despertaron, prepare la hornilla porque la vida tenía que seguir, me tocaba asar los maduros para los trabajadores de la finca, estaba volteando el ultimo maduro, cuando supe que el agente Epi se acercaba a la casa, salí de la cocina me quite el delantal, corrí al espejo para retocarme antes de que pisara la finca, el tiempo jugo mi favor, cuando llego yo estaba lista para escuchar y darle la razón, con el llego el chamán Pepe, reunió a toda la familia nos dijo esta en Totarito llegamos hasta donde mis ojos me llevaron sé que está ahí pero tiene una capsula que no me permite traspasarla, siento que estoy fracasando, todas las pistas me llevan allá pero no la encuentro, yo me pare en las tablas, mi madre se molestó y me dijo: *"Cecy abajo"*, por primera y única vez le conteste: no mami, escúchame, la abuela sabe dónde está. "*¿Qué?*" sí, anoche ella me mostró el sitio, me dijo le entregue la cobija a Epi y Pepe, mi madre quedo en silencio por varios minutos, solo suspiraba, al final levanto su rostro, está bien, mi madre ordeno eso desde los cielos así será, yo ya tenía lista la cobija, cuando llego Marcos y ofreció su ayuda para buscar a mi hermana se me hizo un nudo en la garganta por disimular la rabia que me dio, guarde silencio al igual que mi familia, Epi le respondió que no era necesario, el bosque estaba lleno de animales peligrosos, en sus ojos siento la felicidad de saber que iban a tener que pasar por el bosque y todo el horror que les esperaba, cogió su azadón y se marchó, mis padres le dijeron a Epi, síguelo, no, eso es lo que él quiere y no podemos hacerlo, déjenme hacer mi trabajo junto a el chamán y la cobija de la abuela.

Se fueron esa tarde y empezaron la búsqueda, eran el equipo perfecto para encontrar a Sara, salieron por el lado del bosque junto al grupo de policías, el bosque estaba lleno de animales peligros que cuidaban a Palomo, en medio de la travesía por el bosque Marcos apareció, estaba escondido en un árbol, no era un chamán pero si pacto con satanás para poder caminar por todo lado sin que la muerte lo tocara, él no sabía que iban para Totarito pensó que en el bosque podía acabar con ellos y nadie encontraría a Sara, preparo sus flechas y en la punta les echo veneno de serpiente, empezó a matar uno a uno de los policías, Epi y Pepe lograron persuadirlo, el tabaco y el aguardiente traen los ancestros como guías y los ojos de Epi eran mágicos aparte de bellos, Marcos cayó del árbol, con una flecha se pinchó la pierna quedo ahí mismo tieso junto al resto de policías, yo me di cuenta de todo porque partí la cobija y me envolví en ella, estábamos en el bosque faltaba poco para salir de ahí, una fuerte tormenta eléctrica empezó y yo no podía dejarme ver, entonces me escondí en una cueva, me imagine que era una tormenta cuando se terminó todo quedo muy tranquilo, Salí mire al chamán Pepe, estaba fumando tabaco y roseando aguardiente invocando a los ancestros médicos, Palomo había herido a Epi, su pecho estaba lleno de electricidad, estaba muy herido, un rayo le traspaso su pecho, yo pensé que iba a morir, su aliento se desvaneció, el chamán me mando a conseguir anamú, esta yerba crece como rastrojo, se la puse en su pecho como me indico, era la yerba bendita curaba todos las enfermedades. Epi duro dos días para recuperar su salud, abrió sus ojos y yo estaba a su lado, me regalo su sonrisa y yo solo lo mire desde adentro, me enamore en medio de la tragedia, los ojos de Epi estaban más claros que el verde esmeralda, el chamán nos dio a beber una agua hecha de anamú para poder seguir, llegamos a Totarito, desde el cielo nuestros ancestros ubicaron la choza, en la puerta estaba la hija de Marcos, nos preguntó por su padre y Epi le contó que paso, le pedimos liberara a Sara, ella nos dijo que el único que tenía la llave era Marcos, la cobija suspiro y me abrigo, nuevamente soñé o esta vez no estaba tan segura que fuera un sueño, mi abuela me dijo que pusiera la cobija en la puerta y que Epi junto con Pepe la tocara, fueron segundos y yo ya estaba poniendo la cobija en la puerta diciendo que hacer, inmediatamente la electricidad que tenía Epi alumbro toda la choza y desatranco la puerta, el humo del tabaco creo una nube espesa que nos cubriría de la vista de todos, mi hermana estaba muy dormida yo salte y la abrace, ella abrió los ojos y me preguntó: "*¿Qué haces aquí?*". Yo le dije no aguantaba esperar razón en la casa, ¿Cómo llegaron? Le conté todo y ella sonrió me abrazo, agradeció a la abuela, al nuevo agente y a su siempre enamorado chamán Pepe, pasamos el bosque nadie nos descubrió, llegamos a casa y mis padres corrieron a recibir a mi hermana y mis otros hermanos, Floro me abrazo como si yo hubiera sido la secuestrada, tenía miedo de perderme, Sara volvió a estar en casa, mis padres le dijeron al agente Epi que le pidiera lo que quisiera, que le debían la vida de Sara, el respondió que lo único que quería era casarse, Sara respondió inmediatamente con un No, él sonrió le dijo eres hermosa pero yo me enamore de Cecy, mi corazón empezó a vibrar en mi garganta, mi madre se opuso porque ella era conservadora y Epi liberal, el chamán le dijo que Epi era un ser maravilloso, mi padre se acercó a mí y me dijo que si quería casarme con el agente, no dude un segundo en decir que sí, empezamos los preparativos y Sara nos hizo los trajes para la boda, primero fue el concurso de belleza donde Sara fue la ganadora, le dieron una corona tan bella en cristales y esmeraldas.

Llego el día de la boda y mi madre se resignó y acepto, nos pusimos los trajes que Sara nos hizo con tanto amor, escogimos de padrinos a Sara y Pepe, ese día acepte ser la esposa del agente Epi, fue una ceremonia sencilla pero llena de amor, después del Sí, lance el ramo de flores y mi hermana Sara fue la afortunada ganó el hombre más noble de la región, él no espero ni un segundo en proponerle matrimonio, por su puesto ella tampoco dudó en decir que sí.

Duramos una semana después del matrimonio en casa de mis padres, Epi como era agente de la policía y lo trasladaron para Bogotá, nos fuimos con Floro mi hermano, era mi hermano varón favorito, mi consentido, no podía dejarlo. En Bogotá iniciamos una nueva vida lejos de la montaña y rodeados de edificios, carros, gente nueva, allí mi hermano conoció el amor y formo su vida al lado de ella, pero muy cerca de nosotros. Volvimos dos años después a la finca con nuestros hijos, para que conocieran a sus abuelos y primos, nos enamoramos del olor a campo, nuestras mentes recordaron lo felices que fuimos, nos mudamos todos para la finca, en las noches nos sentamos en las tablas a tomar tinto, fumar tabaco o cigarrillo, nunca olvidamos que la tragedia del secuestro de Sara nos unió con los amores de nuestras vidas.

EL RECODO

Por Hozman Yamel Hernández Rodríguez

"A la muerte hay que rodearla caminando siempre de puntillas para no despertarla". Era la frase motivadora de Polo cuando soñaba con ser un futbolista. Trabajó en las esquinas como ladrón de carteras, sus gambetas las aprendió esquivando los disparos de la policía por las calles del centro de Bogotá. Después de mucho trasegar robando carteras, el frío de los calabozos lo derrotó y se fue a trabajar como bracero en un depósito de papa en Corabastos. En este oficio adquirió una fuerza descomunal en sus piernas. Polo jugaba fútbol en la bodega con sus colegas. El balón, lo improvisaban utilizando los retazos de costales de papa y panela que eran enrollados con fibra. Cuando jugaba sentía la velocidad de un equino y sus gambetas eran más ágiles que sus escapes de las balas cuando robaba. Él sólo fue un pasajero más de un bus sin destino.

–¿La gaseosa o miedo?

Decía siempre que se disponían a descansar antes del almuerzo. Con el tiempo, Polo alzó su fama entre los braceros. Renunció obligatoriamente el día que unos ladrones se tomaron el lugar y recibió cinco balazos dejándolo casi muerto. Luego, pasó a ser proxeneta en la Caracas, su movimiento de cadera impresionaba a las primerizas en el oficio. Fueron bien contadas las amantes de nuestro improvisado futbolista. Magaly fue su desdicha, una brasilera que llegó a Bogotá y en ese tiempo la prostituta más apetecida. El día que se conocieron al final del callejón, él sólo pudo decirle:

–Debes de estar cansada. Señaló.

–No, ¿por qué?

–De tanto dar vueltas en mi cabeza. Sonrió, y durante seis meses Polo y Magaly se cansaron de las hieles de su amor. Para el año de 1990 a sus veintiséis años se reclutó como mula. Volvió a ver la muerte en la huida de un operativo en el aeropuerto El Dorado. Las balas cruzaron sin éxito, su mala suerte lo llevó a pasar tres años en el centro penitenciario de La Modelo de Bogotá por narcotráfico, cursando por última vez dos años en la cárcel Distrital.

Fue ahí cuando Polo inició su carrera para convertirse en un crack del balón, en diferentes patios, por medio de las banquitas, docenas de torneos improvisados de las cárceles y partidos con las visitas de estudiantes en la celebración de las fiestas de las Mercedes. De ahí se encaminó con el micro-fútbol. Su destreza fue de boca en boca en el penal, entre los reclusos y los guardianes, ganando miles de apuestas donde el nuevo deportista siempre fue vencedor. En libertad, Polo buscó suerte en el ámbito profesional, fueron muchos los equipos, torneos, copas, viajes, formó parte de los encabezados de las páginas deportivas y noticias en las emisoras. Hasta que llegó a la fama, mucha fama.

Luego se retiró, y volvió a su afición por los recodos del barrio, llegó a la misma calle que lo inició con el sueño de ser futbolista. Dejó atrás al ladrón, el bracero, un chulo de poca monta, y narco, para convertirse en un pensionado gracias al futbol, empezando así una nueva vida. Se paró a descansar y recordó con nostalgia su inicio azaroso que frecuentó por los cruces de las calles, otra espuria más que pateó el mundo.

Polo nació un domingo de 1974, y creció en un recodo, si, justo ahí donde paran los obituarios fúnebres, los coches de dulces y cigarrillos.

Siempre la misma curva, donde las colillas se apagan después de una larga espera de trámites bancarios y el rebusque de los diferentes oficios: carteristas transparentes, emboladores de colores, gerentes de chazas con dulces, cantineros ebrios, vendedores de periódicos amarillos, o caricaturistas renegados del sistema.

A Polo por ejemplo le gustaba la frase de su novia brasileña cuando le decía: –¿¡Nos vemos en la esquina de siempre!

Los vértices de las calles son azarosos y placenteros. Su última visita fue en la casa de doña Carmen, un lupanar donde los muchachos vírgenes reclamaban su victoria. Siempre tuvo algo que contar de estos lugares, el primer beso, un robo, un bombillo rojo, un borracho o un cigarrillo para dos en la madrugada. Es aquí donde terminó para este futbolista retirado la anécdota que siempre voy a recordar, una trágica imagen de un veinticuatro de agosto del dos mil diez, cuando Polo fue derrotado en su último juego de la vida por un contundente tiro de esquina.

EL SILENCIO DE LA MUERTE

Por Rose L

En un rincón del mundo, un poema resonaba atrapado en la melancolía y el desamor, cuyas palabras fluían como veneno, sus versos se contagiaban de dolor y los monstruos volaban sedientos de sangre, sobre la quieta y dormida población.

Era la media noche de un día de invierno oscuro y tormentoso, donde el clima era denso y frío, la neblina espesa se arrastraba entre los árboles retorcidos, cubiertos de musgos e impregnados de un olor a humedad y descomposición, al mismo tiempo que el viento parecía susurrar los secretos de quienes murieron en agonía, torturados en su propio abismo de locura y paranoia. Jeremie Dubois, un alpinista aficionado, se había perdido en la inmensidad de este territorio al suroeste del estado de Vermont - EE. UU, el cual tiene la mala fama de ser llamado "El bosque maldito" o "El triángulo de Bennington" por los rumores de la constante desaparición de quienes se han adentrado en él desde 1945.

En medio de la maleza que crecía en abundancia, se hallaba una cabaña solitaria cubierta de rastros de nieve con las ventanas rotas y la entrada destrozada, a través de las grietas de la vieja madera crujiente, se asomaba la tenue luz de una vela y consigo, sombras siniestras que parecían cobrar vida propia, ecos inquietantes y una sensación de opresión y desolación. Jeremie, repleto de curiosidad y ansias por encontrar un lugar cálido en el que descansar, se adentró en este reducido y tenebroso lugar, donde el suelo rechina bajo los pasos, sin saber que aquel protegía el alma de un poeta maldito y un legado marcado por la tragedia, lleno de secretos oscuros.

En una esquina de la habitación principal, Jeremie encontró un diario envuelto en polvo con algunas páginas arrancadas, otras sucias, ensangrentadas y una llamativa portada en la que se podía observar la inicial del dueño "R", quien había sido consumido por la oscuridad que habitaba en su interior. Los escritos macabros de este hombre reflejaban la tortuosa realidad que habitaba en su mente y su maravilloso, pero perturbador arte (escondido entre las paredes húmedas, gritando por ser descubierto), era la mayor obra maestra del horror de sus actos y su vida deplorable.

Cuentan quienes lo vieron, que allá en los tiempos antiguos, donde la tecnología no acaparaba la mente de la sociedad, los niños jugaban con tierra, las parejas se mensajeaban con cartas y las familias cenaban juntos, charlando y bebiendo; que un hombre risueño de alegría, su amada esposa Angelina y su pequeña hija Leyre de cuatro años, vivían en una cabaña con un hermoso jardín de flores, en la cual cada uno de estos racimos tenían su propia voz y cada pétalo su marca. Allí, las rosas susurraban, los lirios danzaban, las margaritas sonreían, los tulipanes florecían y el jazmín perfumaba. Era un espectáculo de belleza que nunca puede ser olvidado, un poema vivo de fragancia y color.

Una tarde de otoño, jugando bajo la lluvia, la dulce Leyre se contagió de Malaria, su condición era grave, sin embargo, sus padres no poseían el dinero suficiente para contratar a un doctor y tratar su enfermedad. Esas eran las desgracias de un hombre que decidió vivir por amor al arte, creando poemas sin sentido y retratos surrealistas, a consecuencia del costo de una vida agonizante en la pobreza.

A pesar de todos los esfuerzos y el amor incondicional que le brindaban sus padres, la pequeña seguía debilitándose cada vez más, no obstante, en medio del dolor y la desesperación, ella siempre mantuvo una sonrisa en su rostro.

Pasado un mes, Leyre murió en los brazos de su madre, quien no paraba de derramar lágrimas y acariciar su rostro pálido, mientras su padre no dejaba de sostener sus suaves manos hasta que dio su último suspiro.

Angeline no soportó el dolor de la perdida, se sentía atrapada por la tristeza y la desesperación en su vida. Semanas más tarde, ella decidió escapar de todo, de su hogar y de su esposo, para buscar paz en las profundidades de las aguas, arrojándose hasta el fondo de una cascada y dejando atrás sus lamentos. Angeline terminó su vida de una forma indolora, para poder encontrarse con su adorada hija en el conocido paraíso que todos los seres humanos adoran.

Después de la tragedia, cada vez que ese hombre volvía a hablar y sonreír, era cordial y afable, lo único que hacía era simular bondad, para que no le castiguen ni abandonen. Él no era más que una farsa que rompía su ser, lo desarticulaba y lo enloquecía. Continuamente, observaba las noches oscuras y miraba su corazón encerrado en deseos impetuosos, cuando su alma gritaba sin razón y se llenaba de sueños de fuego y sueños de muerte, en los que falla la respiración y los latidos se disparan.

Un arranque de ira y locura extrema, llevo al pobre hombre a dar un paso hacia la muerte. Su acto final fue escribir las palabras absurdas y las frases incoherentes en la novela de su vida, impregnadas en unas viejas páginas amarillentas. Su pluma era un refugio para expresar su tormento interior, dando los gritos de un alma herida y buscando el consuelo que tanto anhelaba en cada estrofa escrita. Su nombre se convirtió en sinónimo de tragedia y su existencia estuvo condenada desde el principio, pero sus poemas encontraban la belleza a través del sufrimiento, demostrándonos que el arte puede florecer dentro de la oscuridad y hallar un lugar en el corazón de aquellos que buscan la salvación en la profundidad de sus palabras.

Sus ojos cansados estaban irritados por las lágrimas, su rostro se hallaba demacrado, sus labios agrietados y su mente se retorcía en el dolor. Subido sobre una butaca, una horca frente a él, un libro sobre su escritorio y una vela como única luz; el hombre decidió darle fin a su vida, pero mientras se preparaba para dar el paso final, sintió una presencia siniestra a su alrededor. De repente, una sombra imponente se materializó a unos metros de distancia, mirando fijamente al hombre. La muerte, en su magnífico esplendor, con ojos penetrantes y una sonrisa malévola, habló desde un tono seductor, ofreciéndole terminar con todas las emociones que lo llenaban de dolor y brindar una solución a sus problemas, sin tener que poner esa cuerda alrededor de su cuello, pero a un costo demasiado alto.

–¿Aceptas mi oferta, querido R? – Pronunció La Muerte extendiendo su mano para cerrar el trato, pero el hombre no lo recibió con agrado. – No se espante con mi presencia, ni desconfíe de mi palabra. Señor R, ven a mí. Ven hacia este ser que solo busca ayudarle a salir de la oscuridad que se cierne sobre sus hombros. – Al terminar de decir estas palabras, La Muerte dio unos últimos pasos hacia delante, dejando ver un perfecto rostro humano con una tela negra cubriendo un cuerpo delgado, pero que, en cuestión de segundos, este se convertía lentamente en un horripilante demonio, hasta que su piel se desmoronó completamente como polvo y no quedó nada más que un esqueleto moribundo sobre el suelo.

El hombre, preso de conmoción e inquietud se dirigió hacia el cadáver que se tendía sobre la sucia madera, sin entender que había caído en sus engaños y sobre la tela negra que vestía aquel ser infernal, encontró una carta dirigida hacia él.

"Señor R, me disculpo por el desastre y el horror que le he causado con mi extravagante presentación, pero gracias a eso has encontrado la forma de huir de lo que te tenía cautivo. Ahora eres libre, te quito tu humanidad para que salgas a recorrer el mundo y nadie te detenga. Mi regalo para ti, es una vida sin restricciones, aprovéchala al máximo."
–Su querido amigo, la muerte.

R, abrumado por todo lo sucedido y con un dolor en el pecho, el corazón latiendo fuertemente y pensamientos incesantes, se tumbó sobre el frío suelo, esperando otra señal, un mensaje, pero el tiempo transcurrió con normalidad, el agotamiento se apoderó de su cuerpo y el hombre cayó en un profundo sueño. Al despertar la mañana siguiente, R ya no sentía dolor, ni tristeza. No sentía nada, ni la más mínima gota de sentimientos quedaban dentro de su oscura alma. Entonces, salió de caza con una vieja escopeta que guardaba en su ático y una gran navaja afilada que usaría para cenar.

Adentrándose en el bosque, R presenció a una hermosa mujer que recogía los frutos que brinda la naturaleza en un pequeño canasto de paja. Aquella mujer tenía rasgos idénticos a los de su fallecida esposa, esto le recordó a su familia y su pequeña hija, quien la muerte se la había arrebato de sus brazos, siendo de esta manera, que se prometió a sí mismo que nunca volvería a permitir que otras familias vivieran alegremente, cuando todos los seres humanos tenían la culpa de su infelicidad.

R, con una gran ira que se iba acumulando en su cuerpo, cargó la escopeta que traía en sus manos y apuntó hacia la mujer, pero, entonces, escuchó el susurro de la voz de su esposa en el aire: “Cariño, aquí estoy.” Él deseaba resistirse a dejar entrar sus sentimientos, aunque estos eran demasiados fuertes y lo llenaban de esperanza. R se acercó a la mujer, creyendo ciegamente que era el amor que antes de dormir siempre solía recordar, pero no era más que otra persona en su lugar.

La joven, se asustó inmediatamente al sentir la presencia del hombre, gritó presa del pánico y R tuvo que callarla golpeándola en la cabeza con el amortiguador de su arma antes de que alguien viniera por él. Luego, tomó su cuerpo alzándole entre sus brazos y lo llevó hacia su cabaña. Allí, limpió la sangre de su frente, vistió con el vestido favorito que ella adoraba y preparó la cena, un exquisito filete, una porción de frutas y un vino amargo. Finalmente decoró la mesa con flores y candelabros, pero cuando la mujer despertó, aquella volvió a gritar desesperadamente, entonces, intentó huir y R sin pensarlo dos veces agarró su escopeta que se hallaba al lado derecho de su sillón café, se percató que estuviera cargada y apuntando a la espalda, disparó. Sin el menor signo de arrepentimiento, se acercó y disparó nuevamente, esta vez en su cabeza, asegurándose de que estuviera muerta. Se podía notar en su rostro el placer que recorría su cuerpo con lo que acababa de ocurrir.

De todas maneras, el hombre se sentía traicionado, porque sabía que esa no era su esposa, la muerte lo había engañado una vez más y los fantasmas dentro de su mente con voces hirientes y agonizantes, aprovechando su momento de debilidad, empezaron a apoderarse de su conciencia para hacer las maldades más macabras que puedas imaginar, sin castigo alguno.

R comenzó a salir de caza todos los días, sin excepción y regresaba con el cadáver de distintos animales para alimentarse, aunque algunas veces la muerte estaba de su lado y traía consigo los cuerpos de personas inocentes. Empezó a extraer la sangre de los cuerpos de sus asesinatos, guardándolos en frascos de jalea, para pintar sobre cientos de lienzos el retrato de la familia que había perdido. Empezó a descuartizar los cuerpos y con las partes de miles de niños, jóvenes y adultos, hizo la primera de sus obras de arte que próximamente coleccionaría en su escalofriante hogar, esculturas de los fantasmas que lo seguían atormentando cada noche, esperando que su ofrenda los satisficiera y dejaran de atormentar.

Así transcurrieron los años, hasta que una noche de invierno, un desconocido se adentró en su hogar, y esa persona, era Jeremie.

Cuando el joven terminó de leer las palabras escritas en el viejo libro que se había encontrado, repentinamente la tormenta eléctrica azoto el ambiente aún más fuerte y la puerta de la entrada principal de la cabaña se abrió de golpe. R, el dueño de la casa y el escritor de aquel viejo diario, apareció con un venado muerto sobre sus hombros, su ropa estaba mojada y escurría sangre de su largo cabello canoso. Sus ojos parecían estar completamente negros, sin vida, sin emoción. Estos no transmitían absolutamente nada humano, él era un monstruo sin sentimientos ni empatía.

El miedo recorría el cuerpo de Jeremie, quien temía por su vida, dado que el peligroso ser que se hallaba frente a él, era el mismísimo diablo, las palabras escritas en el diario cobraban vida. Entonces, R arrojó al animal que posaba en sus hombros al suelo, sacó su escopeta cargada y disparó, pero afortunadamente Jeremie logró esquivar la bala y corrió lo más rápido que pudo. Él había descubierto una salida trasera en la cabaña, así que escapó, pero R lo seguía con ira.

Ahí estaban, el cazador y su presa, en medio de una tormenta en los adentros de un bosque maldito, donde nadie puede escucharte gritar.

Jeremie seguía corriendo, huyendo, pero en medio de la oscuridad, con el grotesco viento y la lluvia, su visión se nublaba. Sin darse cuenta, cayó dentro de una zanja con ramas afiladas que se enterraron por todo su cuerpo, provocándole una rápida, aunque dolorosa muerte. R, minutos después llegó al lugar donde se encontraba el cadáver del alpinista y este se rio macabramente, sabiendo que una vez más se salía con la suya, nunca sería atrapado y ninguna de sus víctimas podrían escapar vivos de él, porque su amigo La Muerte lo protegía y estaba orgulloso de su creación, mientras miraba a los lejos sus actos siniestros.

–Gracias querida Muerte por darme el placer de ser yo mismo. – Pronunció R a la vez que sacaba el cuerpo del joven de la trampa que él había hecho.

La Muerte, entonces apareció una vez más sin dejarse ver el rostro y respondió:

–Yo no hice nada amigo mío, nunca te pedí que mataras a toda esta gente inocente, así que ¿Por qué lo hiciste? Todo esto fue por tu propia complacencia, ni los fantasmas en tu cabeza ni mi presencia eran una excusa para tus acciones.

–La Muerte, alzaba la voz cada vez que pronunciaba una palabra, y R no entendía porque en un momento como ese, el ser en quien había depositado toda su fe y devoción lo estaba abandonando. –Temo decirte amigo R, que tu hora ha llegado. Perdóname, pero tendrás que pagar por tus pecados.

Finalmente, La Muerte dejó ver su rostro por última vez, y esta era exactamente la misma cara del hombre frente a él. R, murió esa noche de un paro al corazón, pero fueron años más tarde que su cuerpo fue hallado por unos niños que jugaban entre las hojas del otoño.

Las autoridades llegaron minutos después al lugar y dieron un entierro a estos dos cuerpos que yacían en el bosque, las víctimas de R fueron descubiertas al mismo tiempo y por fin sus almas pudieron descansar.

"…el peor enemigo con que puedes encontrarte serás siempre tú mismo; a ti mismo te acechas tú en las cavernas y en los bosques."

Friedrich Nietzsche
- Así habló Zaratustra.

UN MUNDO DE COLOR GRIS

Por Luisa Fernanda Pastrana Romero

Todas las historias comienzan con un había una vez pero está es diferente. Quizás no es muy larga lastimosamente pero si es bella; la verdad es corta.

Comienza un viernes. Llovía muchísimo y en una vieja cabaña estaba recostada Paloma, ella era fenomenal. Era una cachorra que llegó a mi casa. Quizás alguien la perdió pero nos volvimos inseparables.

Yo tenía solo nueve años, pocos sí. Pero no saben cuántos célebre en hospitales. Y !si! comía pastel, pero no sé el frío; de lo blanco de las paredes, me impedía disfrutarlos juntamente con el catéter.

Mi nombre no es interesante, aquí la protagonista es Paloma, una mascota que llegó a mi vida, en el momento justo.

Yo tenía leucemia linfocítica aguda (LLA), y no la pasaba nada bien. Mantenía la verdad muy triste, y donde vivía llovía muchísimo. De pronto una tarde lluviosa escucho un ladrido. En la cabaña solo estaban mis padres conmigo, y ese ladrido fue tan fuerte que sonaba como una pedida de auxilio.

Un poco mareado por el medicamento, me levante y abrí la puerta. Y allí estaba, una perrita llena de hojas y tierra, la verdad estaba muy mojada y sucia. Cuando la tome en mis brazos, me fije que tenía ceniza en su pelaje. El tenerla en mis brazos me hizo sentirme como su protector. La verdad me sentí súper fuerte, como los protagonistas de las novelas de mami.

La lleve a mi cuarto y le di un gran baño, la verdad pensé que era fácil pero tenía mucho pelo, y poco a poco me di cuenta que era de color blanca. Y muy peluda, estaba muy cansado pero hice mi mejor esfuerzo. Se veía muy linda con esa cara tierna y queriendo arrancarme los dedos.

Por el ruido de las cosas que tumbaba ella, pronto llego mamá, y se sorprendió mucho de verme hacer algo diferente; de no estar frente al computador jugando.

Pensé que me iba a regañar, pero no; ella le coloco el nombre. Le puso Paloma, por lo blanca que estaba. Me ayudo a secarla y a convencer a papá para que nos quedáramos con ella. Eso sí, fue complicado pero al final su encanto lo enamoro. Bueno y que los médicos también decían; que una mascota era bueno para mi tratamiento.

Y la verdad ella no fue buena, Paloma fue quien me provocaba las mejores risas y alegrías. Ella me despertaba todas las mañanas lamiendo mi cara. Si un poco raro, pero bueno lo hacía porque sabía que yo era el encargado; de sus salidas para sus necesidades.

Con ella no me sentía vulnerable, era como un niño sano. Ese brillo en su mirada iluminaba mi vida y lo que me quedaba de ella. Con ella a mi lado pensaba que nada me hacía falta, aprendí a ser más agradecido. A ver de otra manera mi enfermedad, y a la vez a querer estar sano.

No tenía días tristes, y aunque a veces en la casa rompía cosas pienso que ella al igual que yo; sabia de decoración de interiores. Pronto pasaron dos meses, me internaron en el hospital de nuevo, el tratamiento no había funcionado, volvió el dolor. Y ya ni paloma con su gran amor podía hacer que lo olvidara.

Mis padres lloraban todo el tiempo, aunque me lo ocultaban. Paloma no podía estar conmigo. No pasaron muchos días y regrese a casa. Todos estaban felices, Paloma no me dejaba ni por un momento. Ella sabía cuánto la amaba.

Realmente las personas no saben la cantidad de enfermedades que sana una mascota, sin importar su raza ni su tamaño. Su amor tan puro puede sanar hasta el corazón de piedra más grande. No sé cómo personas pueden lastimarlos o abandonarlos. Si los ángeles existen, creo que ellos son parte del cielo aquí en la tierra. Un consejo, ámenlos mucho y cuídenlos más.

Lastimosamente yo tenía leucemia, con afecciones cardíacas, y mi corazón solo alcanzo para amar a mis padres y a mi Paloma. Quizás no resistió tanto amor por ella y una tarde de lluvia, en mi cama con la mejor compañía; mi corazón dejo de palpitar y el dolor cesó.

PEDACITO DE PAPEL

Por Diego Alejandro Amaya Farfán

Hace ya algunos años, por allá en el 2014; nació la protagonista de esta historia, en su familia es conocida como PEDACITO DE PAPEL y hoy sabrás por qué.

En el 2012, mamita y papito se enamoraron, Papá aún estaba en la universidad, preparándose para ser un profe de inglés, mientras que Mamita se quedaba en casa cuidándome en su pancita, ya que siempre que salíamos a la calle, parque, piscina o cualquier lugar; a ella y a mí nos daba ganas de ir a hacer chichi.

Mamá iba a las citas médicas de control prenatal sola, debido que papito trabajaba y estudiaba en la universidad para que no nos faltara nada. En mi primera aparición en los exámenes, los doctores decían que era un niño ¡y ya me tenían hasta nombre! Iba a llamarme Samuel Alejandro.

Sin embargo, durante estos exámenes, también empezaron los doctores a escuchar sonidos extraños en mi corazoncito. Entonces, decidieron hacer más exámenes para saber bien si era niño o niña y descubrir esos sonidos raros que producía yo aun en la barriguita de mamá.

Lastimosamente; después de muchos exámenes, le dijeron a mamita y a papito que yo iba a hacer una niña; pero que venía con un corazoncito incompleto y una malrotación intestinal. Esta noticia afectó a mis papitos; sin embargo después de unos meses, vine al mundo el 28 de febrero del 2014 a la 1:15 de la tarde. Sin embargo, esta felicidad de tenerme en sus brazos fue corta para mamita; ya que apenas nací me quitaron de los brazos de mamita y llevaron a una sala con muchos cables.

Las primeras semanas hospitalizada, y aún con un montón de cables y aparatos cerca mío para cuidar mi corazoncito, me dieron el nombre de Sara Lucía. Al primer mes de nacimiento, los doctores me hicieron la primera cirugía; para estar sin cables e intentar salir pronto del hospital, puesto que papito y mamita aún no podían alzarme en sus brazos pero si llenarme de mucho amor acompañándome todos los días. Muchas veces cuando ellos se iban, me quedaba solita llorando por no sentir sus abrazos ni poder dormir en camita con ellos, peor aún, sin poder tomar tética. Porque la leche de mamita le podía hacer daño a mi estomaguito.

A los 3 meses de llegar a este mundo, tuve mi segunda operación y unos días después, los doctores permitieron a papito y mamita alzarme y llevarme a casa. ¡Estábamos felices! Pude conocer a mis abuelitas, a mis tíos, tías y a mi querido hermanito.

Todo parecía ir viento en popa, aunque lloraba mucho, mi abuelita paterna me envolvía en sus cobijas y ¨apachuchaba¨ para poder dormir en las noches; ya que el dolor de mi pancita era terrible. Esa primera semana en casa, papito cada vez que me alzaba, terminaba lleno de popó y vomito; Papito debía que trabajar más duro para los gastos de pañales, y pañitos, mi cuerpito no podía contener y cada 4 días gastaba hasta 50 pañales y más de 500 pañitos. Esto, junto con lo del corazoncito, me llevo a tener una desnutrición severa, ya no podían verme así; entonces la siguiente semana de haber salido del hospital, debieron que internarme de nuevo.

Y así mantuve por muchos meses; una semana en casa, un mes en el hospital o de urgencias. En las celebraciones de mi familia; no podía asistir porque casi siempre estaba hospitalizada. Fueron tantas las veces que perdimos la cuenta.

Para un diciembre; papito y mamita querían compartir conmigo y mis familiares; salimos a ver las luces, y pese a que estaba bien abrigada, el frío de Las noches afectaban mis pulmones e intentaban colapsar; esto debido a lo de mi corazoncito; y que los doctores explicaron se llamaba Corazón univentricular; tanto fue que me llevaron a urgencias a los días siguientes y dure otras semanas internada por una neumonía. Debido a esto, papito y mamita aprendieron a hacerme terapias respiratorias en casa; algunas veces funcionaban, otras muchas no.

También, para un cumpleaños de papito; un 31 de agosto, él estaba aún en la universidad, esa noche hubo un poderoso aguacero con ventiscas fuertes; y en casa a mamita, mi hermano y yo nos entró agua y humedad por las paredes y ventanas. Papito llegó corriendo a ayudarnos pero la humedad que dejó la lluvia en esos días me causó una terrible neumonía; tan grave fue está, que debieron remitirme a la ciudad de Manizales, con los mejores neumólogos, por lo cual durante 2 semanas estuve recuperándome. Allí mamita y yo conocimos a Danilo; un amiguito con el cual aún he compartido muchas cosas y quienes me han ayudado en las próximas cosas que contaré dentro de un ratico.

Para este tiempo, y debido a que era tan delicada y necesitaba tantos cuidados día y noche, papito me llamaba PEDACITO DE PAPEL; y con estás palabra me compuso una pequeña frase cantada que me alegraba cada vez que me la decía. Esta era así: *"Pedacito de papel, pedacito de mujer, pedacito chiquitito dulce y tierno como la miel."*

Al cumplir mi primer año de vida; papi invitó a sus compañeros de la U para que pudieran conocerme y poder celebrar las luchas que junto a mami habíamos tenido y para poder prepararnos para la siguiente cirugía que estaba por definirse la fecha. Esta sería mi primera cirugía a corazón abierto.

Durante esos próximos meses; continuaba entrando y saliendo del hospital; así, que mis primeros pasos los hice el 31 de diciembre de 2016 en el Hospital Cardioinfantil de Ibagué; claro fué que esto no lo puedo hacer sin la ayuda de papi, quien de tanta insistidera abriéndome sus brazos y cansado de agacharse para ayudarme a caminar; me dió la patadita de la buena suerte y de la cuál pude solita dar los primeros pasos por los pasillos del tercer piso del Hospital. Papito y mamita estaban alegres, veían como a pesar de las circunstancias, yo seguía esforzando me por ir solita de un lado al otro.

A los días siguientes salimos de nuevo del Hospital, pero adivinen qué, perdí el impulso de caminar solita. En casa quería que mamita y Papito me alzaran o llevarán de la mano. No sé si eran miedos, o mejor si quería siempre tenerlos a mi lado, más sabiendo que se avecinaba mi cirugía de corazón abierto en la clínica Cardiovid en Medellín.

Meses después, viajamos a Medellín, donde preocupados por saber dónde y con quién llegar, mi amiguito Danilo; (¿se acuerdan del amiguito que conocí en Manizales cuando tuve la terrible neumonía, y de quién les dije iba a contar luego?), pues resulta, que mi amiguito y su familia se habían ido a vivir allá. Así que ellos nos brindaron hospedaje y apoyo durante los días de la cirugía. Danilo desde entonces ha sido mi mejor amigo.

Por otra parte, Papito no pudo viajar a acompañarme, estaba en la Universidad, así que con mamita fuimos a conocer Medellín, disfrutar con mi amigo Danilo y poder ser operada de corazón abierto por primera vez. Allá conocí gente rechévere, enfermeras, doctores y doctoras que me ayudaron en la cirugía y de la cual quedaron muy sorprendidos con mi recuperación. Ya que a los 4 días de esta operación; llamada Glenn, salí feliz y mejor para casita.

Luego de esta cirugía, cada seis meses o cada año viajaba a Medellín para los controles médicos. Con esto, aprovechábamos mamita y yo para jugar con Danilo y recorrer por el teleférico y el metro la ciudad de la Eterna Primavera.

Pasaron 2 años, mi salud ya no era la de un Pedacito de papel, mi salud junto con los cuidados de mis papitos había mejorado un poquitico.

Estuvimos en controles y preparándonos para la segunda cirugía de corazón abierto de la cual, ha sido la última y más difícil operación también en la clínica Cardiovid de Medellín.

Esta cirugía, sin duda alguna fue la más difícil y larga que he podido pasar. Difícil por qué cuando pase a cuidados intensivos , fueron momentos complicados para los médicos y para mí; mi corazoncito se estaba adaptando a algo nuevo y esas horas eran muy peligrosas, les hice pasar un susto grande pero gracias a Dios mi cuerpito respondía poco a poco, mientras que mamita y papito, los doctores y enfermeras con sus cuidados y dedicación me ayudaron a salir de esa situación.

Días después de la cirugía y poco a poco, me iban quitando los aparatos y muchos de los cables y medicamentos que tenía. Me pasaron a hospitalización, allá era súper divertido, por qué habían muchos juguetes, las enfermeras y doctoras fueron muy bellas y divertidas con todos los niños que estábamos recuperando nos. Eso nos ayudó a recuperarnos mejor sin pensar en el dolor. Cómo era navidad me llevaron a la capilla para cantar y orar las novenas de aguinaldo, pese a que tuvimos que pasar la navidad con mis papitos en el hospital; como muchos de los años anteriores; estuvimos juntos y me sentí muy feliz con ellos; aunque extrañamos mucho a mi hermanito.

Sabíamos que él estaba bien mi Tita (abuelita) y mi tía; ellas siempre cuidaron de él cuando manteníamos en todas estás citas y procedimientos.

Luego de Navidad, Papito volvió a ibague y yo me quedé con mamá. Mi recuperación iba súper bien. Tanto que los médicos dijieron que tenia que empezar a caminar más para ayudar a mejorar más pronto, y pues en una de esas caminadas; pasamos otro gran susto, ya que unos de los tubitos que estaban drenando la sangré que aún tenía acumulada en mis pulmones por la cirugía, se me soltó. Todos se asustaron mucho, mi mamita tenía mucho miedo y yo también, tocó entrar de urgencias a la Sala de cirugía para organizar y mirar que todo estuviera bien, puesto que podría haberme entrado aire a mi cuerpito y podría haberme causado un gran problema, sin embargo, todo estaba bien gracias a Dios.

Por otra parte, después de ese susto y ver que estaba todo bien, continúe caminando y recuperándome dentro del hospital una semana más, hasta que mis pulmones estaban limpios de sangre. Por fin, luego de más de 2 meses hospitalizada, pude salir de la clínica, pero no podía irme de la ciudad de Medellín hasta ver qué todo estuviera muy bien.

Así que mamita y yo aprovechamos para ir de paseo con mi segunda familia; mi amigo Danilo y sus papás; porque eso son ellos para mí, una familia que papito Dios nos regaló. Mi amigo Danilo y yo somos muy unidos. Siempre estamos pendientes de la salud de cada uno.

Han pasado, más de 5 años desde esta última cirugía, mantengo yendo cada 6 meses a visitar a Danilo y a controles médicos para revisar otras cositas que han quedado después de esa cirugía. Pero como ya no soy un pedacito de papel débil, he podido con ayuda de mis abuelitas, tios y papitos controlar y cuidar mi salud de una manera increíble; ya he podido salir de noche a jugar con amiguitos fuera de mi casa, a pedir dulces en la fiesta de los niños, he podido disfrutar de los cumpleaños de mis familiares y amigos; he podido ir a estudiar, aprender y jugar con mis compañeritos y profesores; he podido cantar y sonreír al abrir mis regalos de Navidad, he podido cantarle los cumpleaños a Papito y mamita en sus días; y he podido disfrutar de sus besos y abrazos durmiendo juntos muchas noches.

ACERCA DE CORCULTURA

Fundada en 2012, la Corporación para la Promoción de la Cultura y la Investigación es una entidad sin ánimo de lucro dedicada a la Promoción de la Cultura, la Educación y la Investigación con el apoyo de diferentes Empresas, Organizaciones, Gobiernos, Instituciones Públicas y Privadas, y reconocidos expertos en diferentes áreas del conocimiento.

Es una entidad reconocida por su compromiso social, gestión y liderazgo, cuyos programas educativos influyen, motivan e inspiran a las personas para trabajar por sus sueños y mejorar su nivel de calidad de vida, con participación destacada en la promoción de la cultura, la educación y la investigación en Colombia y en el Exterior.

www.corcultura.org

www.ingramcontent.com/pod-product-compliance
Lightning Source LLC
LaVergne TN
LVHW091100150826
845673LV00002B/660

9786289558784